创意写作书系

情节！情节！
通过人物、悬念与冲突赋予故事生命力
The Plot Thickens
8 Ways to Bring Fiction to Life

诺亚·卢克曼（Noah Lukeman） 著
唐奇 李永强 译

中国人民大学出版社
·北京·

"创意写作书系"顾问委员会

（按姓氏笔画排名）

刁克利	中国人民大学
王安忆	复旦大学
刘震云	中国人民大学
孙　郁	中国人民大学
劳　马	中国人民大学
陈思和	复旦大学
格　非	清华大学
曹文轩	北京大学
阎连科	中国人民大学
梁　鸿	中国人民大学
葛红兵	上海大学

不惜重复自己，我把自己的第二本书再次献给我的母亲。我从来没有计划再写一本关于写作的书，起初只是为个人记录下一些关于情节设计的初步想法。是母亲的鼓励促成了第一章的诞生。等我意识到时，已经是开弓没有回头箭了。

人们总是问我大学是否扼杀了作家。
我回答说他们还需要更多的自我扼杀。
很多畅销书作家应该再跟一个好老师学一学。

——弗兰纳里·奥康纳（Flannery O'Connor）

致　谢

Alicia Brooks 促成了这本书。当我还在争辩要不要写它时，她的诚恳和热情使我别无选择——这种热情从未衰减。我很幸运有这样一位编辑。

同样感谢 George Witte，他拥护这个提议并提供了业务支持。

我的家人一如既往地跟我站在一起，我深深感谢他们的支持。

感谢 Daniel Myerson 提供有关历史知识和生活经验方面的专业咨询。感谢 Stella Wilkins 和 Abner Stein 坚定不移的支持。感谢 Therese Eiben。感谢 Joel Gotler 的善解人意。感谢 Michael Ovitz 给我创作和寻找代理人的自主权。

为了简便起见，我在书中使用男性人称代词。实际指代的包括男性和女性。

译者序

在翻译本书的过程中，好几次禁不住由衷感叹，今天的作家或有志于成为作家的人是幸运的，这里所说的包括小说家、电影编剧、戏剧家、散文作家、传记作家、新闻记者、诗人等等，无论其从事的是虚构还是非虚构类型的写作。与文学创作领域中无数独自探索前进道路的成功或失败的先辈们相比，今天的作家有机会得到更多的指引。大师的不朽经典像灯塔光芒四射、驱逐蒙昧，成功者在不同类型的创作疆域中披荆斩棘、开辟通路，失败者的教训则将断崖和陷阱——标识出来，今天行走在文学创作这条道路上的作家和准作家，可以说是怀揣地图上路的。

本书作者无疑对这份地图烂熟于心，文学经纪人的身份令他得以看到比普通读者多得多的原稿，其中有未经雕琢的璞玉，有瑕瑜互见的矛盾体，也有典型错误的大集合。他深知一个伟大的创意如何由于拙劣的执行而四分五裂，也深知正确的操作如何化腐朽为神奇，让一个看似平庸的故事奇迹般地获得生命力。现在他将这些通过长期的阅读经验和职业敏感积累起来的宝贵财富总结提炼，毫无保留地双手奉上，对于读者，接受这份礼物就像是把手中的地图换成 GPS 或其他更加方便的工具。

毋庸置疑，写作需要天赋。如果你是莎士比亚，这大概就是你需要的全部。但是如果你并没有那么多天赋，只是一个有着平凡的创作欲望和表达能力的普通人，特别是如果你还打算把写作当成职业的话，那么写作归根到底是一门技艺。技艺可以学习、可以磨练，也需要学习、需要磨练，它与你学习绘画、厨艺或者打网球没有什么不同。达芬奇也要从画鸡蛋开始；你第一次下厨做的菜可能连自己都难以下咽；更不会有人傻到相信第一次拿网球拍的人就能赢得大满贯冠军。为什么在写作这回事中却总是有人鼓吹这样的幻想或者诱惑：你的处女作便能一鸣惊人？

退一步说，即便你美梦成真——在古往今来的文学史上，这样的事情的确时有发生——这也仅仅是个开始，而不是结束。很少有人能够靠灵感支持一生的写作，因为灵感来去无常。村上春树将写作与长跑相类比，二者都需要每天坚持练习，一点点提升能力的极限，在写作技艺的增进方面两者异曲同工。同样，很少有好的故事完全是灵光一现的产物，好的故事应该是人物和层层推进的悬念冲突的有机结合，每一个要素都以自己独特的方式影响着故事的全貌。

本书的核心是情节。除了创意，好的情节还需要人物、经历、悬念、冲突和上下文的共同支持。本书的目录是一道阶梯，可以帮助读者循序渐进地通往成功和成熟的情节创作。

本书从人物开始，因为人物是情节的基石。在某些情况下，人物的一个特征就能定义整个情节。有时候人物会说出你意想不到的话，做出你意想不到的事情。这时候他就获得了生命，生动的人物就像真正的、活生生的人一样，自行其是，反复无常，完全无法预测。弗兰肯斯坦博士的怪物睁开了眼睛，他接下来的行动将构成情节的主体——他的经历。描写那些处在变化边缘的人物，那些穷途末路的人物，让他们在故事结束时变成彻头彻尾的另一个人。悬念和冲突构成经历的质地和肌理，作为作家，你的使命就是制造悬念，拥抱冲突。最后，你需要俯瞰全局，从宏观上审视你的作品，把人物、悬念、冲突、节奏、进展和终极意义放在上下文中进行考察。这需要你保持与作品的距离和客观性，考虑作品给读者的整体印象。

写作中没有规则和教条，没有你必须做的事情，也没有你不能做的事情，本书并不试图提供这些。当你完完全全读懂了它，也就是你可以丢开它、从心所欲地自由创作的时候了。

最后，要感谢在本书翻译过程中提供帮助的人。感谢中国人民大学出版社的杜俊红编辑,是她的鼓励和帮助促成了这项工作。感谢李琳编辑、陈莹老师,她们认真细致的审读改正了译稿中存在的许多错误和瑕疵。本书在举例时提及了大量影视作品和书籍,为方便读者查阅,译者已将中英文名称对照一并列于书后附录中。本书翻译工作时间略显仓促,疏漏之处在所难免,在此致以诚挚的歉意。希望读者享受阅读的过程,发现写作的乐趣!

2012 年 5 月

引　言

在作家当中，"情节"这个词会引起恐慌。主要是因为情节被当成了"伟大的创意"的代名词，提出这样一个创意的压力会令人窒息。这种想法只会让人徒生烦恼，因为伟大的创意只是随着灵感时隐时现。

这本书的目的就是告诉读者，情节不仅仅与一个伟大的创意相关；相反，好的情节是众多创意和写作要素的集合体，包括人物、经历、悬念和上下文。创意是极为重要的，但是如果没有这些支持要素，创意本身仅仅是一个创意、一个抽象的概念，而不是一个厚达120页或者300页、有色彩、明暗和质感的有机体。大部分故事并不是灵光一现的产物——相反，最好的故事是人物和层层推进的悬念冲突的有机结合。

与许多流行书试图让你相信的相反，没有一种公式可以确保你创作出伟大的或"经典的"情节。没有步骤，没有途径，没有你必须做的事情，也没有你不能做的事情。这不是一本关于规则和教条的书，我会对任何这样的流行书保持警惕。相反，这本书从理论到实践都围绕着关于故事的古老原则。看一看目录，你找不到诱人、醒目的标题；相反，它审慎地涵盖了那些熟悉的领域——人物、悬念、冲突。这些原则支撑了数千年来的文学作品，是一切伟大作品的核心。这本书的特点在于试图在这些标题之下挖掘出新意，展示你没看过的例子，提供你没想到过的练习。

这本书的另一个目的是激发你的新创意，无论你是在修订作品还是着手一部新作。因此，这本书对新手和成熟作家同样适用：对于成熟作家来说，构思创意从来不易。同时，因为涉及了相当广泛的领域，这本书对小说家、电影编剧、剧作家、非虚构作家甚至诗人同样适用。归根结底，非虚构作家关心的是悬念，电影编剧关心的是上下文，诗人关心的是冲突。

为防止误解，有两项说明：

第一，你会发现我在举例子时大量参考了电影——比书籍还多。我这样做主要是为了使（有时候抽象的）观点形象化，参考电影，会有更多的读者了解我要说的内容。另一个原因是电影是一种完全投身于情节的媒介，如果我忽略它，那就太不负责任了。我还想说明作家可以从一切事物中学习，从《白鲸》到《陆军野战医院》。

第二，第一章和第二章是本书的特例。这两章实际上是人物特征的调查表，帮助作家深入了解他的人物。因此，这两章的内容由90％的问题和10％的讨论组成。

这不是一本保险手册。你不可能读完它就灵感迸发，文思泉涌。但是它会将你推到极限，强迫你探索作品的方方面面。上帝知道我曾经被推到过极限，作为一个文学经纪人，我在过去5年中读了5 000部原稿。现在，我把你们教给我的东西还给你们，这是一个投桃报李的时刻。

情节！情节！
——通过人物、悬念与冲突赋予故事生命力

目录

第一章　人物：表面生活 / 1

第二章　人物：内心生活 / 19

第三章　实用人物塑造 / 37

第四章　经　历 / 61

第五章　悬　念 / 89

第六章　冲　突 / 107

第七章　上下文 / 123

第八章　超　越 / 137

尾　声 / 155

附录A　推荐阅读 / 157

附录B　网络资源 / 161

附录C　作品名称对照表 / 163

编后记 / 169

第一章　人物：表面生活

从一个人物开始，你会发现你创造了一种类型；
从一种类型开始，你会发现——你什么都没创造。
　　——F·斯科特·菲茨杰拉德（F. Scott Fitzgerald）

你可能遇到过这样一种情景——或许是在一间政府办公室里——你被问到你母亲的社会保障号码、你父亲的出生地，你忽然间惊恐地发现，自己其实并不真正了解那些自以为最了解的人。

那些从纯粹的想象和一时的心血来潮中创造出来的人物更是如此，这些人物的存在可能仅仅是环境或曲折情节的结果。你没有机会像跟有血有肉的真人一样跟他们共度时光，与他们一起吃饭、喝酒、做运动，观察他们工作的状态。你只能想象加想象，描绘出他们可能在想象的环境和背景中如何行动。即使在现实生活中，当我们预测可能发生的情况时，我们也经常犯错误。因为从根本上说，人类是无法预测的，而且总是存在意料之外的因素。

要正确地给你笔下的人物注入生命力，你必须做些功课，一丝不苟地询问自己关于人物内心生活和表面生活的全部细节。一旦全部细节都罗列在你眼前，捕捉人物特征这个看似不可能完成的任务将变得可能，甚至很简单。细节将指引你，告诉你应该怎样做。

一旦你真正认识了你的人物，你的认识会准确无误地贯穿于文字中，就像一条暗流，它会验证每一个词语、姿态和行为。没有这种认识，你就会迷失方向。作为一个作家，没有视觉或听觉的辅助，你就只有纸上的文字，或者像托尼·莫里森（Toni Morrison）所说的，"只有字母表中的 26 个字母"。

因为人物是进一步讨论经历、冲突和悬念的基础——而且是情节的基石——这本书将从塑造人物开始,用三章的篇幅加以说明。本章将考察你对你人物的表面(或外在)生活究竟了解多少,并提示你以前没有考虑到的方面。请你一边读一边用笔记下你的发现。

我主要使用人称代词"他",在谈论女性专属的问题时使用"她"。不过请记住,所有问题都应该按照两个性别去考虑;正如我事先声明的,使用"他"只是为了行文上的方便。

外表

作家最大的错误之一就是以为必须立刻决定人物的外表,外表描写经常以牺牲叙事为代价。你可以不必知道一个人长什么样就认识他——通过电话、邮件、网络、教堂的告解室。容颜会老去,甚至改变,人们并不仅仅是他们身体各部分的总和。

了解人物外表的每一个方面很重要,但只是对你自己而言,是否把它们全部呈现给读者并不重要,当然更不必立刻这样做(除非故事有要求)。理想的状况是,你可以在适当的时机(早一点更好),以独特的方式和恰当的篇幅描述人物的外表。想象以下四种情景,它们将帮助你准确地描绘你的人物:

警察的嫌疑犯画像

一个杀手正逍遥法外。几个月来他在城市中散播恐惧,但是没有目击者能够描述他的外貌。他又作案了,这一次你在案发现场,并且在他逃跑之前仔细观察了他的样子。整个城市都在期待你的答案。你对面坐着一位警察局的专业画像师。你身后有十个侦探在踱来踱去,焦急地等待。这个人长什么样?

外表 I

脸:他的脸型是什么样的?高颧骨?方下巴?宽额头?下巴突

出，还是没下巴——或者他很胖，有三层下巴？他有一张大嘴，嘴唇肥厚，显得粗野——还是有一张小嘴，嘴唇很薄，总是抿得紧紧的？他有一个大鼻子？一个小鼻子？宽还是窄？长还是短？他的眼睛大还是小？两眼离得近还是远？眼珠是什么颜色的？他斜视吗？有一只假眼？目光游移不定？他的眉毛什么样？他的睫毛什么样？他有胡子吗？八字胡？连鬓胡子？山羊胡子？络腮胡子？他的肤色是黑还是白？他是什么人种？他有什么身体特征——伤疤、胎记、烧伤、伤残？整体来说，你认为他是个好看的人吗？

头发：他有头发吗？是什么颜色的？长发还是短发，卷发还是直发？头发稀疏还是浓密？染发吗？整齐还是蓬乱？在脑后束成马尾，垂在眼前，还是编成非洲式的细长发辫？

身材：他有多高？多重？他是胖还是瘦？强壮吗？他身体的某些部位比其他部位更突出吗？胳膊的肌肉很强壮但是有一个大肚子？肩膀很宽但是腿很细？

年龄：他多大年龄？容易看出来吗？哪些特征暴露了他的年龄？皱纹、鱼尾纹、双下巴、雀斑？他才 20 岁但是看起来未老先衰吗？还是 42 岁了但是看起来像个中学生？

如果一定要说他像某个人，你会说他像谁？

让我们假设杀手是个女人。可以提出另外一些问题：她的胸部大还是小？她是 S 型身材吗？她的指甲什么样——咬得很秃，保养得很好，染成黑色，戴假指甲？她的睫毛长吗？涂睫毛膏吗？化妆吗？她穿得太多还是太少？她长得美吗？

如果一定要说她像某个人，你会说她像谁？

现在离开警察局，把这些详细的问题套用在你作品中的人物身上。你会补充哪些以前没有想到的细节？如果让你的人物自己描述一下自己，会有什么不一致？他会否认？他觉得自己很英俊，尽管客观说来不是这样？或者他觉得自己很丑，而实际上他长得很好看？他觉得自己很年轻，而他显然已经上了年纪？他已经超过 6 英尺了，仍然觉得自己个子矮？她身上一磅脂肪也没有，但还是觉得自己胖？

关于人物自身，这些认知上的不一致能说明什么？它们指向更重要的问题吗？

拥挤的房间

想象你为一位朋友安排了一次相亲。你向朋友描述了他的相亲对象，但是当他站在他们约定见面的酒吧里，发现那儿有超过200个人，许多女孩都符合你的描述。这位朋友只好给你打电话，索取更多的信息。他已经到那儿20分钟了，担心如果不能赶快找到她，他们就要彼此错过了。你还能告诉他什么？

外表 II

衣着：她通常穿什么样的衣服？时装？工作服？休闲装？制服？她通常穿着暴露吗？喜欢穿迷你裙和低胸装，还是把每一寸肌肤都包上，穿长及脚踝的裙子和中性的超大号毛衣？她戴大草帽吗？用手帕把头发绑在脑后？她戴什么配饰？手袋、珠宝首饰、手表？每个手指上都戴着一枚戒指？颈上戴着一个金色的大十字架？戴大耳环或鼻环？肩膀上有一个文身？她更可能戴劳力士和古琦，还是路边买的5美元的手表？她的衣服很昂贵，超过了她的经济能力，还是尽管很有钱却穿得很朴素？她喜欢什么颜色的衣服？全黑？鲜艳的粉红色？她对时尚敏感吗？她的衣服总是最新潮的，还是都是已经过时10年的？

打扮：她的衣服剪裁得体、一尘不染，还是邋里邋遢，好像很久没洗过了？她每天洗两次澡，还是一个星期洗一次？她身上有味道吗？洒了太多香水？

肢体语言：她会拘谨地站着，还是一屁股坐下来？她走路的姿态女人味十足、轻轻扭动臀部，还是走起路来像个男人，好像要跟人打架？

嗓音：一些人仅仅通过他们的声音就能从一屋子的人当中脱颖而出。她有一个大嗓门吗？即使在房间另一头都能听见她说话？还是她说话就像耳语，几乎听不见，你不得不总是要她重复？她说话声音高还是低？含糊还是清晰？是电话销售员那种没有感情、硬邦邦的声音，还是妓女那种充满磁性、诱惑的声音？她说话语速飞快、直来直去？还是语速很慢，转弯抹角地兜圈子，让你等得不耐烦，忍不住频频看表？她口吃吗？有口音吗？口齿不清吗？

现在离开酒吧，把这些问题套用在你作品中的人物身上。你会补充哪些以前没有想到的细节？如果让你的人物自己描述自己，会有什么不一致？她认为自己走在时尚前沿，实际上却穿着过时的衣服？她觉得自己的声音很性感，实际上她的声音又大又刺耳？她戴着劳力士手表和闪闪发光的钻石戒指，却还是觉得自己的配饰不够华丽？关于人物，这些不一致能说明什么？它们指向更重要的问题吗？

医生

想象你是国内最顶尖的医生之一，你的专长是诊断疑难杂症。现在你面临着一个最困难的病例。患者在过去几个月里已经看过十个医生，没有人能找出他究竟得了什么病。现在他坐在你对面，这是你们第一次见面，你需要询问他的病史。

健康状况

他的体质如何？是在丛林中也不会生病的类型，还是 100 英尺内有人感染病菌就会生病的类型？他得过什么严重的疾病吗？什么病？得过几次？是遗传病吗？如果不是，他是怎么感染上的（在外国还是与某人上床）？他住过院吗？情况如何？疾病在当时对他的生活有多大影响？现在还有多大影响？

他有慢性病吗？正在接受药物治疗？使用哮喘吸入器、血压调节器、抗抑郁药？使用频繁吗？这些对他的生活有什么影响？对于一个糖尿病患者，他的疾病——持续控制饮食、血糖和注射胰岛素——会成为他生活的重要组成部分。它们有副作用吗？有干扰吗？他必须付出哪些代价（不能喝酒、不能吸烟、只能吃特定的食物）？

他受过伤吗？怎么受伤的（运动伤害、打架还是交通事故）？骨折过吗？做过整形手术？患有背疼、腱炎、关节炎？他有残疾吗（盲，聋，哑，跛足，智障）？他有精神疾病吗？患有精神分裂症？

现在把这些问题套用在你作品中的人物身上。你会补充哪些以前没有想到的细节？如果让你的人物自己描述自己，会有什么不一致？他认为自己有病，实际上却非常健康吗？他是个忧郁症患者吗？

心理医生

你是一名心理医生，专长是处理家庭内部矛盾。刚刚来了一位新患者，在开始治疗之前，你需要了解他的一切背景。

家庭背景

他是由双亲抚养长大的吗？如果不是，为什么？他们离婚了吗？其中一位去世了？这些事情发生时他多大？如果他不是由双亲抚养长大的，是跟着父亲还是母亲？还是轮流跟着父母？他跟父母各过了多长时间？他分别在父母家住吗？他们住得近吗？或者，他是由其他亲人抚养长大的（祖父母，叔父）？他是由同性恋家庭抚养长大的吗（两个父亲，两个母亲）？他是被收养的吗？如果他的父母离婚了，其中一方再婚了吗？他有继父或继母吗？

他的父母是做什么工作的？对他的成长有什么影响？他的父母还健在吗？他们多大年纪了？他跟他们亲近吗？他们多久聊一次天？他们对他的生活有多大影响？

他有祖父母吗？住得近吗？他们对他的生活影响大吗？他们还健在吗？

如果他有兄弟姐妹，有几个？作为家中唯一的孩子会形成人物性格的重要方面，有6个兄弟姐妹也会。是兄弟还是姐妹？有5个兄弟会让他更有阳刚之气吗？有5个姐妹会让他更女性化吗？他是最大的、最小的，还是中间的孩子？这对他有什么影响？作为长子让他更有保护欲、像个父亲吗？作为最小的孩子让他被宠坏了吗？他的兄弟姐妹有多大？他跟他们亲近吗？存在竞争吗？他们经常见面吗？住得近吗？他们在他的生活中扮演了重要角色吗？

他结婚了吗？多少岁时结婚的？结婚多久了？他们怎么认识的？他们是克服重重阻力在一起的吗？他幸福吗？他的配偶呢？他们般配吗？还是在某些方面差距很大（年龄、财富、地位、受教育程度、宗教信仰）？他们能够克服这些差距，还是因此分了手？他们吵架吗？经常吵吗？他们的共同兴趣是什么（如果有的话）？他们一起工作吗？他们在彼此的生活中扮演了关键角色吗？或者他们正在分居？他们有婚前协议吗？其中一方有婚外情吗？跟谁？多久了？另一方知道吗？

他的妻子来自一个大家庭吗？他跟他们相处得怎么样？他们在他生活中有多重要？他的兄弟姐妹结婚了吗？他跟兄弟的妻子相处得怎么样？跟姐妹的丈夫呢？婚姻如何影响了他们的家庭关系？他的兄弟姐妹有孩子吗？他跟孩子们相处得怎么样？他是个好叔叔或好舅舅吗？他们亲近吗？

现在把这些问题套用在你作品中的人物身上。你会补充哪些以前没有想到的细节？

领养机构

孩子

想象你在一家领养机构工作，一个女人刚刚走进房门，想要领养一个你最喜欢的婴儿。你需要尽可能了解关于她已有的孩子（如果有的话）、生育能力和领养动机的一切。你会问她哪些问题？

如果没有孩子，她曾经打算自己生孩子吗？她患有不孕症？她看了好几年医生，最后还是无法怀孕？她采取了控制生育的手段？

做了永久性的绝育手术？她后悔了吗？她担心自己的生理问题吗？

如果她有孩子，有几个？她想要几个？还是有多少个都不嫌多？她同第一个男朋友交往就生了孩子吗？她的怀孕过程痛苦吗？生产过程呢？她流产过吗？失去过孩子吗？她的孩子都是亲生的吗？有没有收养的？有没有继子女？她因此不喜欢他们吗？

她的孩子们多大了？叫什么名字？他们的名字取自某位亲人吗？她跟他们亲近吗？他们让她难过，还是她的骄傲？存在竞争吗？他们跟她上同一所大学？她是否在他们身上看到了自己的影子？她觉得自己是一个好母亲吗？孩子们怎么想？她对她的孩子们怎么样？总是责骂他们？她打过他们吗？或者孩子们令她痛苦？他们听她的话吗？她听他们的话吗？她为了他们而活着吗？她为他们做出过哪些牺牲？她有孙子孙女吗？她积极参与孩子们的生活吗？

现在把这些问题套用在你作品中的人物身上。你会补充哪些以前没有想到的细节？

如果让你的人物自己描述自己，会有什么不一致？尽管她打孩子，还是觉得自己对孩子们很好吗？她已经有六个孩子了，还觉得被剥夺了多生孩子的权利吗？

雇主

想象你经营着一家公司，负责面试所有的新员工。一个关键职位刚刚有了空缺，一个候选人正坐在你面前。你公司的未来都寄托在他的专业技术和能力上了。他完全是个陌生人。你会问他哪些问题？

教育

不仅要考虑基本情况——他的小学、中学、大学、研究生教育——而且要看他是在何时完成这些学业的（24岁就拿到博士学位跟48岁才从大学毕业说明不同的问题）。他的语法、发音、拼写、词汇量怎么样？他从来没上过学但是很聪明吗？他毕业于耶鲁大学但是很幼稚吗？他在家自学吗？他为了受教育付出了多大努力？他的父母为他支付学费，还是他自己一边上学一边打工？这对他意味着什么？他因此自我感觉良好，还是自觉低人一等？

他受过什么特殊训练吗？有汽车驾照？受过电工、水管工的训练？他继续参加成人教育吗？他一直主动寻找受教育机会吗？他自学新语言或新词汇吗？他喜欢读书吗？他是自学成才的类型，还是需要参加系统的课程培训？他热爱学习，还是勉为其难？

工作经历

他现在从事什么职业？金领职业（经理、律师、医生、银行家），中层职业（公务员、推销员、管理员），蓝领职业（技工），还是只拿最低工资的职业（送比萨）？他从事这份职业多久了？一个人做一份工作长达40年跟一个人每个月都要跳槽同样说明问题。这份职业跟他的背景、他的受教育程度、他所受的训练相匹配吗？他有博士学位却在送比萨？他只有高中学历却经营着一家大公司？

他为了在工作中达到今天的位置付出了多大（或多久）的努力？他从父母或朋友那里得到帮助了吗？他为父母工作吗？他的职业生涯完全是父母的翻版吗？他是父母的直接竞争者吗？谁是他的竞争者？谁是他的客户？

他的同事怎样看待他？他喜欢偷懒吗？总是晚来早走，花很长时间吃午餐，经常请假？他工作积极、有条理吗？他有直接领导吗？他们相处得怎么样？他有下属吗？他对待他们怎么样？他是个诚实的商人吗？

他的工作侵蚀了他的生活吗？是兼职工作还是全职工作？他是工作狂吗？同时打三份工？他的职业身份是他人生中最重要的身份吗？或者他失业了？正在找工作？他以前做过几份工作？每一份都干不长吗？为什么？与领导有矛盾？有犯罪前科？还是他很有钱，用不着工作？

她想要出去工作时却不得不在家照顾孩子？她在办公室受到过性骚扰吗？在公司之外呢？她在一个传统上属于男性的领域（比如警察、消防员、股票经纪人）工作吗？她因为是女人而受到过歧视吗？他在一个传统上属于女性的领域（比如发型师、中学老师）工作吗？因为身为男人而受到过嘲笑吗？

如果他现在的职业不是固定的或理想的，他渴望从事什么职业？

犯罪记录

如果你要雇用一个人，你可能需要进行背景调查，包括对他们犯罪前科的基本调查。他曾经被逮捕过吗？如果有过，有多少次？有多频繁？他最后一次被捕是什么时候？他犯了什么罪？他进过监狱吗？在哪里？多久？是谁把他保释出来的？花了多少钱？他的罪行是暴力性质的（持枪抢劫、人身攻击、强奸、谋杀）？还是非暴力性质的（贪污公款、黑客、入室行窃、小偷小摸）？他为什么犯罪？是一时冲动？一个错误？出于绝望的行为？还是他享受犯罪？他是个职业罪犯吗？他出过交通事故吗？有人受伤吗？他经常违反交通规则，收到过许多罚单吗？一个人的污点记录是十几岁时夜间偷偷溜进私人游泳池，跟袭击自己的前女友是有区别的。

现在把这些问题套用在你作品中的人物身上。你会补充哪些以前没有想到的细节？

如果让你的人物自己描述自己，会有什么不一致？他每天工作7个小时却觉得自己工作很努力吗？他认为自己在公司人缘不错，而实际上周围的人都不喜欢他吗？

银行家

想象你的工作是审批贷款。你的银行以前有过许多次失败的放贷，损失了数十万美元，你在审批一个新对象时需要格外注意。一个申请者正坐在你面前。你想了解哪些问题？

经济状况

他的信用记录如何？完美无瑕？还是一团糟？他曾经宣布过破产吗？曾经拖欠贷款吗？债主没日没夜地往他家打电话？他在生活中的其他事情上也负债累累吗？他毕生都在还债？他每个月的账单结构是怎样的？

他挣多少钱？有增长潜力吗？他在银行有多少存款？有多少投资？多少抵押担保？有多少负债？他是穷还是富，或者介于二者之间？如果他是个富人，他拥有财富多久了？他是通过努力白手起家还是继承了遗产？如果他是个穷人，他一直这么穷吗？他有希望致富吗？如果曾经富有过，他是怎么失去财富的？他是个赌徒吗（炒股票、赌马、去赌场）？他无法控制购买欲吗（豪华汽车、电子产品、衣服）？他有信用危机吗？他的助学贷款还没还清吗？他需要养活别人吗？还是靠别人养活？他偷过钱吗？钱对他来说有多重要？他总是对钱斤斤计较，还是根本不在乎？

他的成长环境是富裕的还是贫穷的？住在什么样的社区？贫民区（犹太人区），工人阶级社区（矿区或渔村），中产阶级社区（市郊），中上阶层或上流社会社区（贝弗利山）？这对他的人格有什么影响？他憎恨富人吗？或者看不起穷人？他内心深处对钱和有钱人怎么看？

财产

为他拥有的主要财产列一份清单。上面有什么？哪些是贵重物品？珠宝？艺术品？硬币？邮票？珍本书？收藏品？昂贵的家具？电子产品？唱片？乐器？瓷器？银器？花卉？这份清单长还是短？其中最多的是什么？这说明了关于他的什么情况？

他拥有这些东西多久了？毕生都拥有它们？是世代相传的吗？还是上个星期刚买下的？是他偷来的吗？还是租来或者借来的？他认为他的财产有多大价值？他爱惜东西吗？还是满不在乎、丢三落四？它们在他生活中有多重要？他把自己等同于拥有的东西吗？还是可以散尽家财（参见下文的"地理：住所"）？

他开什么车？轿车、卡车、摩托车？是他买的、借的、租的还是偷的？车子有多少年了？他拥有它多少年了？他多久换一辆新车？他对车的态度怎样？他是个好司机吗？每个周末都给车打蜡？还是十年都没有洗过车？车在他生活中有多重要——他把车等同于自己是谁吗？

现在把这些问题套用在你作品中的人物身上。你会补充哪些以前没有想到的细节？

如果让你的人物自己描述自己，会有什么不一致？他明明锱铢必较，却坚称钱对自己根本不重要吗？他在贝弗利山长大，却觉得自己的成长环境很寒酸吗？

婚姻中介

想象你为全国最高端的婚介服务公司工作。你的客户是全世界最富有、条件最好的单身汉，他们太忙了，没有时间自己去寻找另一半，完全信任你能为他们找到理想的伴侣。你会问哪些问题？

罗曼史

她结过婚吗？如果结过，现在是分居、离婚，还是丧偶？这些事情发生时她多大年龄？（18岁就离婚与60岁还单身同样说明问题。）她有过几段认真的恋爱关系？有过多少短暂、随便的关系？这些伴侣过去（或者现在仍然）对她的生活产生影响吗？她受到前男友的骚扰吗？被前夫跟踪？她每周看望孩子时仍然必须与他见面吗？她换男友有多频繁？每个月换一个还是五年换一个？是她提出分手的吗？她如何结识男人？她去酒吧吗？还是在杂志上登广告？她享受单身生活吗？或者恋爱是她生活中不可或缺的一部分？她在配偶身上寻找什么？

现在把这些问题套用在你作品中的人物身上。你会补充哪些以前没有想到的细节?

如果让你的人物自己描述自己,会有什么不一致?她一年交 20 个男朋友,却觉得自己从未恋爱吗?

房屋中介

想象你是一个成功的房屋中介,一个女人找到你,完全信赖你能帮助她找到完美的住所。她完全不知道自己想要搬到哪里去,而你对她一无所知。你会问她哪些问题?

地理:住所

她现在住在哪儿?独栋别墅、公寓、房车、船屋还是帐篷?是买的还是租的?或者她在废弃的空屋留宿、借住在朋友家、无家可归?她这样有多久了?(一个人在一个地方住了 50 年,跟一个人每周搬家同样说明问题。)她是个擅长操持家务的主妇,对家里的每一个细节都一丝不苟?或者她是个邋遢大王,家里到处都需要维修?她家像斯巴达人的家一样简朴,还是堆满了零零碎碎的小物件?她以前住在哪儿?搬家后是住得更好了还是更差了?她跟谁一起住?室友、兄弟姐妹、爱人、父母、朋友?房子里还有其他人吗?在同一个街区里吗?他们惹麻烦吗?她的邻居中有粗俗的人吗?有偷窥者吗?她自己是个粗俗的人吗?她对租住的房屋爱惜吗?造成了损坏吗?她向往的居住条件是什么样的?

你可以通过一个人的住处了解她。家具、书籍、音乐、艺术——环顾四周,那儿有什么?看看书名和音乐的类型,你就能了解许多东西。家具是俗气的便宜货还是由设计师专门设计的?家里有植物吗?有装饰画吗?它是温馨舒适的,还是冷冰冰、空荡荡、毫无生气的?一个人住在修道院里,只有一包属于自己的个人物品,跟一个女人住在豪宅里,被物质包围同样说明问题(参见上文的

"财产")。

一般来说，她是居家类型的人吗？她很少离开家，还是喜欢外出？总是觉得憋闷，整天在门廊前徘徊，却不走进自己的家门？

地理：居住地

她住在哪个国家？哪个州？哪个城市？哪条街道？在街上的什么位置？她窗外的景色优美吗？周围社区环境如何？富有还是贫穷？危险还是安全？她是在那儿长大的吗？或在那附近？（一个人住在家乡，跟一个人搬到越远越好的地方同样说明问题。）她是个旅行家吗？她住在海边、山上、森林里、山脚下？那里的气候怎么样？她为什么选择住在那儿？她渴望搬到别的地方吗？什么阻止了她（家庭、工作、朋友）？

一般来说，你会说她是个都市人吗？一个热爱大自然的人？她非常喜欢旅行吗？总是在路上？她到过世界上许多国家吗？她一次出海航行好几年吗？还是她从来没有离开过家乡？

宠物

不是所有地方都允许养宠物，所以这可以成为一个重要因素，就像在现实生活中一样。她有狗吗？什么品种？（一条罗威纳犬跟一条贵妇犬同样说明问题。）她有几条狗？养了多久？她对狗照顾得好吗？狗在她生活中有多重要？（跟狗一起睡、一天给狗做三顿饭、带狗去宠物医院的主人，跟心情不好就踢狗的主人同样说明问题。）她还养其他宠物吗？猫？鱼？蛇？仓鼠？会学舌的鸟？每一种都暗示了她的一些方面。她想养宠物而不能养吗？为什么？因为住的地方不许养宠物？因为她过敏？因为她的男朋友过敏？她的宠物给她生活中的其他人造成困扰了吗？她因此把它送走了？

现在把这些问题套用在你作品中的人物身上。你会补充哪些以前没有想到的细节？

如果让你的人物自己描述自己，会有什么不一致？她认为自己很整洁,其实家里乱糟糟的吗?她自认为是模范邻居,却在凌晨 2 点大声听收音机吗?她觉得自己是个称职的狗主人,实际上一周才遛一次狗吗?

练 习

从表面人物特征到情节点

所有这些问题的目的都是让你以一种以前没有尝试过的方法思考你的人物;如果你能从中发掘出哪怕一个新细节,这样做也是值得的。此外,这些问题还有其他好处:由于这是一本关于情节的书,现在让我们来逐一查看这些人物细节,看看像某个人物特征这么细小的东西如何实际地影响情节——在某些情况下,甚至是定义情节。最后你将看到情节的创意如何从人物身上自然而然地产生。

这是本书中相对高强度和耗时的练习。对于每一个人物特征,问问自己:这个特征如何影响情节?我能以这个特征为基础构思出整个故事吗?

外表

外表如何影响情节?她极度肥胖吗(《不一样的天空》)?身体畸形或有残疾(《钟楼怪人》,《我的左脚》)?有特殊的性别倾向?她是个努力被男性世界接受的女人吗(《莎翁情史》)?他是个女性化的男人吗?她是个有阳刚之气的女人(《魔鬼女大兵》)?或者他或她对自己的性取向并不确定(《男孩不哭》,《完美无瑕》)?

年龄

人们在不同的年龄会遇到哪些特别的事件和困境?6 岁掉牙,或者与保姆斗智斗勇（《小鬼当家》）；12岁上中学；13岁犹太男孩受戒；16岁的甜蜜（《十六支蜡烛》）；18岁为毕业舞会或离家上大学而烦恼（《我为玛丽狂》）；22岁毕业找工作；26岁面临结婚的压力；32岁生第一个孩子；48岁中年危机；65岁退休危机；85岁住养老院（《魔茧》）……每个年龄本身都能讲出一个故事——你也可以不循常规。40岁就退休怎么样？90岁还在工作？有人19岁就从大学毕业，有人41岁才拿到学位。

健康情况

健康情况如何影响情节？他感染了某种致命的病菌（《恐怖地带》）？因为疾病英年早逝（《布里安之歌》）？得知自己来日无多（《银翼杀手》）？或者他必须照顾某个生命垂危的人（《我不为父歌唱》）？

家庭

家庭关系如何影响情节？她要把男朋友介绍给父母（《拜见岳父大人》）？一个女孩必须服从家族传统缔结婚姻（《屋顶上的小提琴手》）？男孩被寄希望于子承父业（《教父》）？继子女必须学习如何相处（《脱线家族》）？

教育

教育情况如何影响情节？一个40岁的人为了获得学士学位重返校园（《重返学校》）？一个学生在海外度过一个学期（《牛津之恋》）？一个老师试图把全班团结在一起（《铁腕校长》）？

职业

职业如何影响情节？他正在一份新职业中摸索吗？事实证明他的公司充满腐败吗（《糖衣陷阱》）？她为工作而生吗（《电视台风云》）？

犯罪记录

犯罪记录（或者犯罪行为）如何影响情节？他的犯罪是一种绝望的行为吗（《陌生人》）？他是被冤枉的吗（《无辜者》）？他在监狱里服刑吗（《肖申克的救赎》）？监狱改变了他吗（《美国X档案》）？

经济状况

一个人的经济状况如何影响情节？如果他是个穷人，得到100万美元他会怎么做？如果他是个富人，失去全部财产会作何反应（《颠倒乾坤》）？经济上的困境会迫使他采取绝望的行动吗？抢银行（《热天午后》）？抢劫珠宝店（《暗夜心声》）？

恋爱

恋爱如何影响情节？前妻想要回到丈夫身边吗（《前妻俱乐部》）？他被年轻的女孩吸引（《洛丽塔》）？她对他一见钟情（《神魂颠倒第六感》）？她是个妓女，想要改变命运（《漂亮女人》）？他是个临阵退缩的单身汉（《我最好朋友的婚礼》）？

地理：住所

住所如何影响情节（《包法利夫人》，《再见，哥伦布》）？他住在一座城堡里（《德古拉伯爵》）？他住在一幢鬼屋里（《鬼驱人》）？他被强行扣留在某地（《危情十日》，《阁楼里的花》）？

地理：居住地

居住地如何影响情节（《喜福会》）？将场景设定在市郊对故事有重要影响吗（《美国丽人》）？与普通的市郊场景有所不同吗（《复制娇妻》）？故事发生在与世隔绝的偏远地区（《冰血暴》，《怪形》）？还是发生在过度拥挤的都市（《绿色食品》）？

宠物

宠物如何影响情节（《良缘知己》）？宠物是救星、朋友、保护者（《灵犬莱西》）？还是个麻烦制造者（《我为玛丽狂》）？一种危险（《狂犬惊魂》）？或者是整部作品的叙事视角（《猫眼看人》）？

财产

财产如何影响情节（《导购女郎》）？情节围绕着一件艺术品展开吗（《憨豆先生》）？一件珠宝（《偷拐抢骗》）？汽车非常重要吗（《末路狂花》）？

第二章　人物：内心生活

我从来不写那些没到穷途末路的人物。

——斯坦利·埃尔金（Stanley Elkin）

一家公司能够追问应聘者的问题是受到限制的——如果他们探究他的性取向或宗教信仰，他们会被起诉。如果他们探究得更深，问到他的迷信程度或强迫症，则会被认为是发疯了。公众清楚地表明，任何超过一个人表面信息的事务都属于个人隐私。

矛盾的是，当公众翻开一本书，这些正是他们要求知道的信息。

作家与公司不同，你不受限制。你的人物的心灵完全向你敞开，你的任务就是深入其中探索。遗憾的是，许多作家没有这样做。他们常常依靠"表面人物塑造"，或者把人物当成"讲故事的工具"；在这样的情况下，人物塑造停留在基本的外表描写，人物的对话和行为通常只是为了场景的方便而加入的。

相反，充分发展的人物有自己丰富的生活，你经常发现他们阻挠你的计划；一旦他们成为真正的、活生生的人，他们就会像真正的、活生生的人一样行动：反复无常，以自我为中心，完全无法预测。

至此，你就进入了人物影响——甚至决定——故事的微妙境界。如果你保持开放的心灵，信任他们，他们会接手故事，一个场景接着一个场景，告诉你他们会采取什么行动。这可能意味着你要抛弃你的大部分计划；当然也意味着你必须放下作为作家的自我；而且除非你巨细靡遗地了解你的人物内心生活的每一个方面，否则这是完全不可能的。

根据星相学，我们的个性在出生之前就决定了。我们在这一章里要考虑的不是这个人做什么工作，或者他住在哪里、在哪里上学等表面细节，而是在当今社会中很少被提到的一个问题——他是谁。考虑以下内容：

天赋

如果一个人天生拥有某种天赋（或缺陷），这会成为他生活的决定性因素——无论他一生都在拥抱它还是逃避它，它总在那里。对于莫扎特或者米开朗基罗来说，他们的天赋决定了他们的人生。如果一个人的智商是 82 或 250，这是一个不能忽视的因素；如果一个人能够通灵，或者有阅读障碍，或者是色盲，或者有多动症，这都会很重要。他聪明机智？还是笨拙迟钝，理解力差？他跑得很快，能参加奥运会？能把球掷出 200 码？他的歌声美妙动听？他能够速读？他是个柔体杂技演员？一个钢琴家（《闪亮的风采》）？

宗教

尽管在当今社会，宗教问题几乎密不而宣，当你对你父母提到你的未婚妻，想想看他们在多长时间内会问到她的宗教信仰。星期日早上到街上走一走，你会发现大部分店铺关门了；12月份走进一家百货商店，你会被圣诞音乐包围。无论我们承认与否，宗教可以成为一个人性格的决定性因素。

在现实中，宗教可以是一个人生活的重要组成部分，也可以完全没有任何位置。两种情况都说明问题。天主教？犹太教？新教？穆斯林？佛教？摩门教？克利须那教？他虔诚吗？到什么程度？他守安息日吗？禁食猪肉？她戴十字架、每天祷告吗？他过斋月吗？宗教在他的生活中有多重要？跟其他家庭成员相比，他有多虔诚？一个在不虔诚的家庭长大的虔诚的人，跟一个在虔诚的家庭长大的不虔诚的人同样说明问题。他与宗教绝缘？还是充满渴望？他处在觉醒的边缘吗？她处在背弃信仰的边缘吗？他有原罪意识吗？他会让孩子信教吗？她呢？存在冲突吗？

灵性

一个人可能虔诚地参加宗教仪式，但是内心深处却并不相信上帝。这个人与上帝的关系是怎样的？他相信上帝吗？如果相信，有多坚定？他对此思考得多吗？有没有一些特定的时刻，比如面临死亡或者狂喜时，他开始相信上帝？在另外一些时刻，比如面临邪恶和悲剧时，他就失去了信仰？什么事情导致了这种转变，并且可能再次导致这种转变？他内心深处相信上帝，但是不相信宗教仪式？或者他是无神论者？不可知论者？她追随最近的新纪元潮流吗？遗憾的是，一个人的虔诚经常与痛苦相关，尤其是如果一个人需要依靠自己发现灵性。这个人什么时候开始信教的？是什么触动了他？死亡还是退休？

身份

在生命中的不同时点上，我们扮演着不同的角色。父亲、儿子、丈夫、学生、员工……归根结底这些只是角色，但是一个人的身份通常被包裹其中。人们特别倾向于用职业生涯来定义自己的身份。对于一名警察或一名神父，身份认同感可能完全等同于他们的职业。

人们经常抱怨他们的职业，但是被问到为什么不考虑换一个新职业时，他们经常回答："我还能干什么呢？"他们会列出一长串理由，为什么他们不能冒险尝试其他职业——妻子、孩子、房子、按揭贷款、养车费用——但是实际上并不是这么一回事：他们在心底里寻找这些必须承担的义务，这样他们就不必再考虑变化的可能性了。考虑各种各样的职业规划需要付出巨大的精力，选择会让人无所适从。过了某个点之后，无论现在的职业是不是最好的，都不如你已经选择了它的事实重要。存在感的焦虑减轻了，一个人可以满怀信心地继续前进，把他的精力倾注在一条道路上。这是一个四五十岁的人的信心。他为此牺牲了什么？

信仰

一个人的信仰可以是他的决定性特征——事实上，有人会为了信仰而死。他怀有偏见吗？是个光头党？他参加3K党集会吗？或者他是个在信奉种族主义的家庭中长大的白人，却娶了一位黑人妻子？他被邪教洗脑了吗？她为了拯救雨林把自己绑在树上吗？他在周末上街袭击同性恋者吗？

信仰的来源与信仰本身同样重要。他的信仰有多少来自他自己的想法，有多少是受父母、老师、兄弟姐妹、朋友、电影、书籍、所在的地理环境和他的经济状况影响的结果？他是否足够坚强，可以抗拒这些影响？他在多大年纪时受到这些外界影响？例如，有些人说希特勒早年不是一名反犹分子，直到20多岁时，他第一次接触到了当时普遍流行的反犹作品和演说。

定式

定式是无意识地潜藏在表面之下的信仰，是人物没有意识到自己怀有的信仰。例如，他是在大萧条期间长大的，结果终其一生都有缺钱的感觉；或者小时候他的父亲总是说他笨，结果潜意识里他也如此相信；或者他经历过给他留下了深刻、持久印象的创伤，导致他在后来的生活中也会重复同样的事件——比如受虐待的孩子长大后可能成为虐待孩子的父母。你的人物的生命中有重复的主题或定式吗？他是否总是缺钱？总是陷入不稳定的关系？

同样，他的自我认同感如何？为什么他不能拥有全世界所有的金钱、CEO的位置、美女、大房子？他真的觉得自己配得到这些吗？如果不是，什么样的思维定式阻碍了他？

道德

一个人的道德观如何？他在简历中弄虚作假吗？女招待找钱时掉了东西，他会提醒她吗？收银员把10美元错当成1美元递给他，他会告诉她吗？在黑暗的电影院里捡到一个钱包，他会物归原主吗？他的道德观是由牵涉到的金额大小决定的吗？他原则性强吗？什么时候会打破原则？如果他是不道德的，他自己意识到了吗？还是像大多数不道德的人一样，用诡辩说服自己，相信自己的行为没有问题？道德（及其误用）是许多作品的核心——情节通常围绕着寻找一个人物道德的临界点。在《教父》这样的作品中，迈克尔·柯里昂经历了伦理观和道德观的转变，从拒绝插手家族生意到陷入不得不杀死亲生兄弟的境地。他参与家族生意的动机是单纯的（保护自己的父亲），但是当他越陷越深，他发现自己面临道德上的困境（保护自己的家庭还是杀人），在某种意义上，这部作品就是关于寻找他的道德临界点的。在《华尔街》中，儿子掌握的权力和财富越来越大，但与此同时，他的道德也面临越来越严酷的考验，直到他必须为了金钱亲手摧毁他父亲的公司这个临界点上。在某种意义上，这部作品解决了主人公的道德困境——开始他失败了，但是最后，当代价的筹码越来越高，他选择了道德。《抢钱大作战》也是围绕着类似的主题。

性

在前面的章节中，我们审视了人物表面上的罗曼史——婚姻、离婚、重要的人、伴侣。当我们挖掘得更深，直到人物心灵中只有我们——作家——才能了解的部分，我们必须知道一切。人物的性取向是什么？她在床上放荡吗？他的表现很糟糕？他35岁了还是处男？她15岁就失去了童贞？人物的第一次性经验是什么时候？是积极的还是消极的？人物在成长过程中受到了什么样的性教育？父母跟他谈论性吗？他是由同性恋家长抚养长大的吗？他受过虐待吗？他过去的伴侣都是什么样的人？这说明了关于他的什么事？他的选择跟他的父母相像吗？他有没有感染过性病？这如何影响了他的生活？他一天想要做爱五次？她一个月才想要一次？她注意采取防护措施吗？他对此漫不经心？他喜欢性虐待吗？他经常光顾色情商店和欣赏脱衣舞表演吗？她连"性"这个字眼提都不肯提？人物在伴侣身上寻找什么东西？他会在报纸征婚栏里登什么样的广告？他的性观念如何？他是个老古板，还是相信自由恋爱？

动机

什么动机驱动着这个人物？他的秘密渴望是什么？梦想？目标？他的志向是什么？什么阻碍了他？据说，我们中的大多数人都希望在现在所处的位置上加以改善，而不是重新选择一个方向然后去追求。例如，一个在广告公司工作的大学毕业生一旦融入那个环境，就会只专注于在公司内部提升自己的位置。很快他就会失去其他更远大的目标，特别是如果一开始他没有去追求这些远大目标的话，现在就更会退缩。他曾经拥有什么目标？他的动机是什么？挣钱？得到认可？获得权力？摆脱恐惧和没有安全感？还是养家的需要？找到一个人生活中的障碍，无论多么微小，你都有可能发现他每天在想什么。如果他是个孩子，可能满脑子想的都是父母，这是获得自由的障碍；如果他是个员工，可能想的是老板或升迁道路上的障碍。障碍也可以是抽象的——例如缺少适当的教育。

友谊

对于许多人来说，朋友是他们生活中的重要因素。例如，大多数警察和消防员的业余时间也跟其他警察和消防员在一起；大多数军人也愿意跟其他军人在一起。他选择跟什么人在一起？同事、大学同学还是高中死党？他的朋友们什么样？他们粗鲁、傲慢、麻木不仁？他们会带来坏影响吗？或者他们是成功人士？都是名人？都是35岁的单身贵族？她的朋友都在20来岁就结婚了吗？她们都比她富有吗？比她穷、漂亮、丑、学历更高、更低？这说明了关于她的什么事？

他的朋友多吗？他是个内向的人？孤独的人？他选择独自散步吗？或者他是个外向的人？社交达人？他认识镇上的每一个人？在

派对上跟每一个人交谈？他喜欢煲电话粥，一聊就是好几个小时吗？

谈话焦点

通过观察人们在聊什么，你可以了解关于一个人的许多事。他们可能给你描述一起当地的杀人事件，虽然他们只是在复述当天的新闻，但事实是，他们选择了一个病态的话题。更明显的是，如果你跟一个人相处的时间足够长，你会发现他们选择的话题有一种重复的模式：他们总是谈论同样的主题，无论是金钱、房地产、死亡、婚姻还是子女教育，报纸上的连环画或讣告，最新科技或13世纪，时尚、飞线钓鱼或股票市场。谈话反映了一个人关心的事。人们在向我们敞开心扉——只要我们去倾听。问题在于我们很少认真地听。（我们一门心思地等待机会，要把谈话拉回到我们自己喜欢的话题上来！）

自我认知

他知道别人怎么看待他吗？他认识到自己的缺点或强项了吗？他努力改进自己吗？他看心理医生吗？尝试过冥想或其他新方法吗？他会承认错误吗？还是他生活在一个自己构筑的世界中，完全与现实隔绝？他自认为是个好人，而其他人都认为他是个坏蛋吗？他觉得自己聪明又敏锐，而其他人认为他愚蠢又肤浅吗？

价值观

以下这些事物在人物生活中的优先次序是怎样的？上帝？家庭？工作？爱情？权力？道德？教育？如果被迫在妻子和工作之间做出选择，他会选择什么？如果公司要求他做一件不道德的事，他会从命吗？他会为了上大学不惜一切代价吗？他会离家去为祖国打仗吗？

时间分配

假设跟他一起过一个工作日或一个周末。他怎么度过自己的一天？在各项活动上花费多少时间？如何分配脑力和体力活动？有多少是完全不动脑的娱乐？他业余时间是阅读陀思妥耶夫斯基还是玩任天堂游戏机？他写诗还是泡吧？还是两者都有？他是陪孩子们玩，还是照顾父母？他跟女朋友在一起，还是陪他的狗？他一天去两次教堂，还是经常去看色情表演？还是两者都有？如果去度假，他会怎么样？他焦躁不安，两个小时就厌烦了？还是满足地坐下来读书、思考，可以这样接连过上好几天？

艺术创作冲动

一个人的艺术创作冲动能量——无论他是否拥有表现这种冲动的能力和方法——通常是至关重要的。希特勒认为自己首先是个艺术家；他最痛苦的经历是被一所艺术学院拒之门外。如果他被录取了，世界可能不是今天的样子。对于尼禄这位历史上最著名的暴君之一，他的君主身份远不如他是歌唱家、演员和诗人来得重要。事实上，正如他最后的遗言："世界失去了一位多么伟大的艺术家。"

你的人物是某类艺术家吗（画家、音乐家、作家、舞蹈家、演员）？他是业余还是全职从事艺术创作？如果是业余的，他梦想着靠艺术谋生吗？他尝试过吗？他都做了什么？他会什么乐器？吉他？小提琴？大号？鼓？他演奏得好吗？他练习的声音太大，快把别人逼疯了？他生活在幸福的家庭，却描绘愤怒、黑暗的图画？他是个一本正经的人，却雕刻以性隐喻为主题的作品？这说明了关于他的什么事？

他的心底里有表面上看不出来、但被压抑的创造力吗？他是个写小说的医生？一个演滑稽喜剧的律师？他是个失败的作家，因此成了批评家？一个失败的演员，现在成了经纪人？

或者，他一生中从未创作过任何作品？他只是个劳动者？一个纯粹的商人、银行家、律师、医生？

英雄

当我们年轻时，我们相信英雄。但是随着我们长大，英雄的形象在我们的意识中不再那么高大了，我们变得越来越愤世嫉俗，我们不再轻易选择和相信榜样。如果一定要选，我们中的大多数人会倾向于选择一个已故的人，一个真实的人。你的人物的英雄是谁？如果"英雄"这个词太夸张了，可以换成"榜样"；如果"榜样"还是太夸张，可以是值得"敬仰"的人。我们都是复杂的混合体，你可以选择一个在某一方面令人钦佩的人，即使他在其他方面的行为令人不齿。不要指望找到一个完美无瑕的人。他们可以是演员、音乐家、人道主义者、政治家、士兵、商人、母亲……人物的选择（或者拒绝选择）说明了关于他的什么事？人物的价值观如何？你的人物为了追随"榜样"采取了哪些行动？为什么或为什么不？

政治和意识形态

政治看似在今日的美国社会背景中隐身了，但是如果你拿一个政治问题去问一群人，你会发现几乎所有人都有自己强硬的观点，而且几乎各不相同。事实上，发起一场政治讨论而不引起争执和怨恨是很罕见的。这就是为什么许多人从不在餐桌上谈论政治的原因。

他是民主党人？共和党人？无党派人士？自由主义者？保守主义者？反种族隔离斗士？烟草巨头的代言人？他赞成死刑？赞成持有枪支？她反对堕胎？他是个观念主义者？相对主义还是绝对主义？

与权威的关系

他信奉强权？如果你在路上闯红灯，他会向警察报案吗？他是国家机器中的一员？他每天朝九晚五，跟大家一起通勤？他是乡村俱乐部的成员和好几个社区委员会的委员吗？或者他是个叛逆者？一个独立思想家？他拒绝从事一份职业、支付自己的账单吗？他总是与国税局和车管局发生矛盾吗？他与权威的关系在他的生活中有多重要？

恶习

恶习可能在一个人的生活中微不足道，也可能成为决定性因素。

他是个吸毒者？酗酒者？老烟枪？积习难改的赌徒？性成瘾者？他尝试过毒品吗？留下过污点记录吗？或者相反，他从不沾酒？待在一间有人抽烟的屋子里会受不了？

时间线

我们中大多数人的时间要么花在回忆过去上，要么花在展望未来上。你的人物喜欢回忆吗？总是难忘旧情？回忆前任伴侣？故去的爱人？后悔错失的机会？或者他喜欢展望未来？规划好了未来10年的生活？20岁时就开始存退休基金？安于现状，满足于相信未来会更好？或者他只活在今天？拒绝反思，拒绝计划？当然他也可以不循常规。他是一个总是谈论回忆的十几岁的少年吗？或是一个总是思考未来的老人？

与食物的关系

人物与食物的关系也可以成为决定性因素。他一天吃五顿饭？一天一顿？他暴饮暴食吗？几乎不吃东西？他有肥胖症？厌食症？是素食者？严格的素食主义者？严格的犹太洁食者？他对咖啡上瘾吗？巧克力呢？他有乳糖不耐症吗？对面粉中的麸质过敏？

他喜欢通心粉吗？她喜欢鱼子酱吗？他经常吃快餐食品吗？她坚持在最好的餐馆就餐？他的冰箱总是空空如也？她的厨房总是满满当当？他不会做饭？她一天里有半天在灶台边度过？他的餐桌礼仪很糟糕？她对礼仪熟悉得无可挑剔？人物对食物投入了多少时间、精力和金钱？食物在她生活中扮演了多么重要的角色？为了适应他的饮食习惯，他必须在生活中做出哪些改变？住在清真餐馆附近？会在早上5点起床吃早餐？

习惯

一个职业杀手会观察他的目标。观察了几天，他发现他的目标每天的日程几乎一成不变——在同样的时间离开家，乘同一班公交车……如果他观察的时间足够长，他的任务无疑可以顺利完成。

我们归根结底是习惯的动物，随着年龄的增长尤其如此。你的人物每天在固定的时间醒来？从事同样的晨间活动——吃早餐、读报、开车或乘公交车出门？他的衬衫总是挂在壁橱的同一侧，鞋子总是放在同一个角落？他每天 4 点去同一家店喝咖啡？每周六晚上去同一家电影院？每个月的第一个星期一去同一家理发店？每年 8 月的最后一个星期去同一个地方度假？他是个习惯早起的人，每天破晓时分就起床？还是个夜猫子，不到下午 4 点醒不过来？他早晨容易发脾气吗？晚上心不在焉吗？

怪癖

你的人物生活中有什么特殊的怪癖？他总是带着伞，以防万一？他每天给狗穿衣服？他养鸽子吗？他会为一些琐事抓狂吗，比如吵闹的人或者香烟的烟雾？他痛恨收音机？喜欢黑胶唱片？他不穿高领毛衣？她曾裸奔？

爱好

他收集硬币吗？她热爱缝纫？他自己改装汽车？每周四玩扑克牌？她玩桥牌？国际象棋？她经常去跳蚤市场？他做什么运动？他航海吗？攀岩？轮滑？漂流？去健身房？她打网球吗？游泳？打壁球？每天早晨跑 3 英里？他是空手道黑带？他们是保龄球搭档？哪些爱好是他个人的？哪些是她跟其他人一起进行的？哪些是他们共同的？

慈善

一个慷慨的人也可能不参与慈善事业。对于另一些人，慈善事业可能是他们生活中的决定性因素。他捐了多少钱给慈善事业？持续了多少时间？他做志愿者出于什么原因？他献血吗？他为一个非营利组织工作吗？参加和平队吗？

或者相反，他有几百万美元，却从来不给慈善事业捐款？他是个名人,却拒绝出席慈善活动?他被迫参与慈善事业吗?他为什么不情愿?为了政治原因?他做这些是匿名的,还是自吹自擂?

练 习

个性测试

下面有一份清单,分别列出了积极的和消极的人物特征。针对每一个特征,给你的人物按照1~10打分,包括积极的和消极的方面。例如,如果你的人物一直是慷慨的,从来不小气,在"慷慨"一栏写上10,在"小气"一栏写上0;如果他大体上是慷慨的,但有时候小气,你可以在"慷慨"一栏写上7,在"小气"一栏写上3。人们是冲突的性格特征的综合体,一个人很容易在某些方面慷慨,而在另外一些方面小气。当你完成这项测试,把两边的数字分别加起来。那么整体上,他的性格特征是积极的还是消极的?哪些特征最突出?这告诉你关于这个人物的什么事?

消极的	积极的
嫉妒、贪婪?	希望每个人都好?
小气?	慷慨?
记恨?	宽容?
顽固?	圆融?
多疑、偏执?	信任?
控制欲强?	随和?
恃强凌弱?	保护弱者?
卑躬屈膝?	不卑不亢?
没有安全感、容易感到威胁?	有安全感?
自尊心弱?	自尊心强?
批评别人?	支持别人?
争强好胜?	希望实现整体最优?
拿别人开玩笑?	赞美别人?
自私、虚荣?	谦逊?

续前表

消极的	积极的
自我为中心？	总是为他人着想？
喋喋不休？	善于倾听？
固执己见？	从善如流？
不切实际？	脚踏实地？
漫无目的？	目的性强？
无组织？	有组织？
跟随者？	领导者？
没有方向感？	有方向感？
不守纪律？	守纪律？
放纵、浪费？	节俭？
严厉刻薄？	亲切可人？
不耐烦？	有耐心？
懦弱？	勇敢？
缺乏创造性的？	创造性的？
胸无大志？	雄心勃勃？
害怕承担风险？	勇于承担风险？
不成熟？	成熟？
过度焦虑？	无忧无虑？
病态、令人沮丧？	积极、风趣？
不快乐？	快乐？
抱怨？	满足？
悲观主义者？	乐观主义者？
忧虑、紧张？	放松？
漠不关心？	热情？
过度情绪化、容易激动？	情绪稳定？
爱发脾气？	冷静？
暴力？	平和？
喜欢争论、对抗性强？	调停者？
肤浅？	深刻？
搬弄是非、诽谤中伤？	说别人的好话？
愤世嫉俗？	理想主义？
空想家？	行动家？
玩弄阴谋？	坦率正直？
说谎、不诚实？	诚实、有原则？
接受者、使用者？	施与者、出借者？
不顾及别人？	体贴周到？
不善交流？	善于沟通？

续前表

消极的	积极的
无精打采？	充满活力？
喜怒无常？	始终如一？
充满挫败感？	鼓舞人心？
令人不安？	令人平静？
让人有负罪感？	让人精神振奋？

朋友和家人画像

尽管有本章中提出的所有这些问题，除非你开始尝试使用它们，否则信息本身永远不可能把你送上本垒。例如，虽然可以很容易决定你的人物是贪婪的和多疑的，但是仅有这些不足以塑造他。这只是拼图的一小片，还有上千个其他性格特征等待你去挖掘。

生活本身是最好的老师。从你最熟悉的人开始。对照你的性格特征清单，问问自己，哪些适用于这个人？把它们写下来，看看你是否捕捉到了人物的特征，仅靠罗列这些特征，你能向一个没见过他的陌生人准确地描述他吗？或许不能。完成整幅拼图还需要某些神秘的东西。人之所以成为人，正是因为这些东西。那么到底缺少了什么？无论是什么，加上它。想想你从遗漏中学到了什么，当你塑造其他人物时如何应用这种经验。

陌生人画像

描写家人和朋友是容易的，因为你了解他们。现在试着上街走走，把在酒吧遇见的一个人写下来。你要学到捕捉第一印象的技巧，在短时间内尽可能地观察一切细节。最后，不再需要对照你的性格特征清单——相反，你会发现人物的决定性特征会自动跳到你的眼前。

把你的描写拿给五个人看，问问他们对这个人物的印象。你会失望地发现五个人有五种不同的观点，或许把他和另外一个人弄混了。记住，人物身上对你来说显而易见的特征很难诉诸文字，从而清晰地传达给别人。通过这种方法捕捉和呈现人物特征,使别人如同亲眼看见他一样,这本身就是一门艺术。观察只是成功的一半。

这是你作为作家需要进行的训练。通过实践你会不断提高。

决定性人物特征

通常我们想到一个人时,会立刻想到他们的某些特征。有意识或无意识地,你会给这个人归类。如果必须选择你的人物的三个主要性格特征,你会选择什么?这项练习只是对人物的最粗线条的描述,但这是有帮助的——事实上是关键性的——因为这会告诉你,你的人物给人留下的第一印象是什么,而通常第一印象是最深入人心的。这会帮助你用最快的速度把握人物,当你需要处理众多人物时,特别是当你需要记住有多少人物需要与其他人互动时,这非常有用(这部分内容将在第三章中展开)。

演变

现在你应该非常了解这个人是谁了,但是记住,你所了解的只是他此时此刻是谁。人会改变,日复一日,年复一年——事实上,大部分作品的核心正是表现这样一种变化过程。所以,特别是当作品中存在时间流逝,你必须在不同的时间点上检查你的人物,问问自己所有的人物特征是否仍然适用。例如,你的人物 16 岁时和 28 岁时的人生目标是不同的。他超越了原来的志向吗?他改变了爱好吗?他开始变得乐善好施吗?做一下这三项练习:

检查他的过去。20 年前他是谁?10 年前、5 年前、1 年前、6 个月前、上周呢?那时候他是完全不同的一个人吗?还是他一点也没有改变?(两种情况都能说明问题。)他发生了怎样的改变?变好了还是变坏了?或者有些地方变好了,其他地方变坏了?这些如何影响了他现在是谁?例如,假设他现在是个商人,但是 10 年前是个演员——现在你知道他不仅是一个普通的商人,他或许仍然渴望从事艺术，或许这种渴望的煎熬令他度日如年。或者假设他现在是个著名的美食家，但是在他生命中的某个阶段，他曾是一名正统的犹太教徒。现在你知道，考虑到他过去的身份，他不仅是一个普通的美食家，当他品尝猪肉菜品时他可能仍然怀有深深的负罪感。这些如何影响你对他的描述？

催化剂。促使人物发生根本性改变的通常是特别事件——而不仅仅是时间的流逝。父母的离世。儿子的出生。结婚。离婚。坐牢。新工作。这些是可以反映出你的人物过去是谁、现在是谁的事件。当你思考他发生的变化时，也要思考究竟是什么事促使他发生改变。这些催化剂可以成为重要的情节点。你可以把它们用在闪回的场景中，或者把它们从他的过去抽取出来，放到现在。无论你怎样使用，甚至根本不用，它们仍然是关键性的，能够成为人物过去道路上重要的台阶。

检查他的未来。他下个星期的计划是什么？下个月呢？明年呢？他的五年计划是什么？他如何展望10年后的前景？20年后呢？即使他不是一个热衷于计划的人，他对自己要到哪里去也必须有一个模糊的设想。他是个想结婚生子的单身汉吗？一个想要改过自新的犯人？一个想要寻求刺激的中产阶级？他只关心物质利益吗？他关心环境的改变吗？或者他关注个人的发展？自学成才？变得更有灵性？为什么他想要这种变化？他希望得到什么？当他得到它时，他的生活会发生什么变化？他在等待什么？遇到了什么障碍？现在你不仅知道他是谁，而且知道他想要成为谁。这会自然而然地制造张力，因为现在有了一个任务、一条道路。即使他最后没有得到想要的东西，这仍然有吸引力，因为我们会看到他理想中的生活与现实生活有什么不同，看到预期与现实的差距。

身份

你的人物会如何回答这个问题："你是做什么的？"他的答案与他对自己身份的认知是一回事吗？接下来，你的人物会如何回答这个更深刻的问题:"你是谁?"他能回答上来吗?他对这两个问题的答案一样吗?有什么不一致?他的身份在多大程度上与他的职业混为一谈?

表面生活与内心生活的不一致

当你总结前两章,你就会对人物的表面生活和内心生活有一个良好的把握。二者之间存在分歧吗?还是完全一致?他在面对外部世界时换上一副截然不同的面孔吗?还是他的全部生活都写在脸上?他的表面生活是具有迷惑性的吗?他是个偷偷吸毒的教徒?有婚外情的"模范丈夫"?他有一长串犯罪前科,实际上却是无辜的,而且是个伟大的人道主义者?你的人物在作品中的其他人面前如何表现?他如何对待他的老板,与此相对,如何对待他的儿子、朋友、妻子?他对待这些不同的人的行为有差别吗?一个十几岁的孩子在朋友中间表现得放松、粗俗,而在父母面前表现得严肃、拘谨?一位父亲对妻子很宽容,而对孩子们很严格?哪一个才是真正的他?其他人物能够看穿他的伪装吗?

从内在人物特征到情节点

这项练习与第一章末的练习一样,只不过这里关注的是第二章中涵盖的人物特征——人物的内心生活。对照每一个标题——天赋、宗教、灵性、身份、信仰、定式、道德、性、动机、友谊、谈话焦点、自我认知、价值观、时间分配、艺术创作冲动、英雄、政治和意识形态、与权威的关系、恶习、时间线、与食物的关系、习惯、怪癖、爱好、慈善和人格——问问自己,这些性格特征如何影响情节。例如,在天赋类别下,我们可以问,他拥有钢琴家的天赋吗(《闪亮的风采》,《莫扎特》)?她能够通灵吗(《惊魂眼》)?他是智障吗(《弹簧刀》)?

无法命名的其他

这两章中提出的所有问题都很重要，关于你的人物，它们让你思考你以前可能没有想到过的方面。不过，并不是说这些问题就是最后的结论，或者它们可以替代现实生活。它们不能。现实生活是最好的老师。

我不喜欢"写你了解的东西"这一陈词滥调，因为这意味着为了写作你必须"了解"一切。事实不是这样；一些最著名的现实主义作品是在完全与世隔绝的地方，由从来没有涉足过作品中描写的场景、对其完全没有"现实经验"的作者创作出来的。尽管你不一定非要"了解"才能写作，但是至少部分地以现实生活中的人物为基础来塑造你的人物，经常是大有裨益的（以我们无法预期的方式）。这里的要点不是捕捉真实性，而是用现实生活补充你的想象——现实生活总是比我们能够想象的更复杂、更生动、更难以预期。

检查完人物内在和表面的特征清单，走出去，与现实生活中的人互动。你会发现无论你事先预想得多么详尽，仍然有预料之外的东西跳到你的眼前。是什么？抓住它，运用它。这就是你的基础。就像赋予弗兰肯斯坦的怪物以生命的闪电一样，这会为你的人物注入生命力。所有这些其他问题都能用来使细节更加丰富。

第三章　实用人物塑造

> 有时候人物会说出你意想不到的话，做出你意想不到的事。这时候他就获得了生命，而你应该把主动权交给他。
>
> ——格雷厄姆·格林（Graham Greene）

情节并不会随着人物的塑造魔术般地浮现出来；弗兰肯斯坦的怪物睁开了眼睛，但是直到他从手术台上站起来并且做了一些事情，才有了情节的成分。情节的产生伴随着你的人物的行动，伴随着他们与其他人的互动，伴随着如何将他们的特征应用于想象的情景。说到这里，如果你认真阅读并完成了第一章和第二章的练习，你应该已经完整地掌握了人物的内心生活和表面生活。这项准备是至关重要的，但是遗憾的是，你的任务并不是到此为止。相反，任务才刚刚开始。现在，当你让人物帮助你创作情节，开始编织无限丰富而复杂的人物互动图景时，是时候考虑一系列新问题了。

让我们考虑以下问题：

主要人物还是次要人物？

这是一个主要人物还是次要人物？进一步，什么是主要人物，什么是次要人物？这是由人物在作品中占据的篇幅大小决定的吗？有没有可能一个人物只露了一面却很重要——实际上是最重要的？谁能否认，尽管库尔茨出场的时间有限，却是《黑暗的心脏》中的主要人物？

许多作家都犯了一个错误，以为只要给了人物最多的出场时间——通常以故事叙述者或者电影主角的身份——就足以让他成为主要人物。讽刺的是，要确立他的中心地位，需要做的可能并不多。这就是为什么有时候你看完一本书，记住的不是"主要"人物，而是次要人物。占据篇幅较少的人物往往更容易出彩，因为他们活动的范围非常有限，作家可以花更多的时间刻画他们，让他们出场的段落更有价值。出于同样的原因，作品的开场通常描写得更加出色：因为在相对有限的篇幅里，作家投入了更多的思考、时间和精力。当篇幅展开，作家看到面前巨大的空白，他经常会突然间感到恐慌，害怕自己永远写不完，因此放松警惕，降低标准。

检查你的人物清单，问问自己谁是主要人物，谁是次要人物。不要从篇幅的角度，而是从其重要性的角度去思考。在你的作品中，主要和次要由什么来定义？虽然我们只看到他一次，但他是你作品背后的核心力量吗？虽然他从头到尾都出场，但实际上只是另一个人的陪衬？是否有多个主要人物，共同构成一场群戏？他们的生活开始是平行的，最后交汇在一起？还是在不同的场景中分别活动，从来没有交叉？传统的、值得同情的单一主人公模式仍然是凝聚一部作品的最强有力的方式。如果你不好意思采取这种方式，那么你将用什么凝聚你的故事？相同的背景？不寻常的时代？共同的敌人？

出场频率

据说如果读者在阅读的过程中停下来休息几次，理解力会倍增。这是因为相对于中间部分，我们更容易记住开头和结尾。同样，一个人物出场的频率比他出现的时间影响更大。例如，一个占满 60 页的人物可能只出现一次（例如在开头 60 页），也可以分三次出现（例如在第 1～20 页，第 200～220 页，第 400～420 页）。这种技巧经常用在描写跟踪的作品中，跟踪者虽然每次出场的时间很短，但是经常出现；这制造出一种无处不在的感觉——使跟踪者显得更强大，受害者显得更无助、更在劫难逃。你的人物出场多少次？为什么是这个频率？能被压缩得更少或者被扩充得更多吗？

通常，如果一部作品完全由一个或两个人物构成，很可能会令人窒息。我们会对这一两个人感到厌烦，渴望变化。相反，如果一部作品在太多人物之间切换，对每一个都没有投入足够的时间，我们最后可能因为对每一个人物都没有代入感而放弃。或者，一部作品也可能对每一个单独的人物投入了恰当的时间，但是他们之间却没有充分的互动，或者最后根本没有汇合到一起，这让我们感觉像是读了由一系列独立子情节组合成的合集。这需要一种微妙的平衡。

出场和退场

出场和退场很重要。在《精神病患者》著名的浴室场景中，让人物之死具有惊人冲击力的并不是实际戳刺的动作，而是我们的主人公出人意料地在影片开头不久就从舞台上消失了的事实。《沉默的羔羊》和弗兰纳里·奥康纳的《好人难寻》中的反派直到最后一刻才出场，却拥有令人恐惧的力量。相反，在《晚餐游戏》中，一个本该在第一幕就退场的人物逗留不去，成为影片的噱头，制造出幽默的效果。你的人物什么时候第一次出场？在剧本的第 1 页？第 50 页？还是结尾？如果他晚一点出场会怎样？早一点呢？相对地，他什么时候退场？如果他早一点退场会怎样？晚一点呢？

态度和反应

下午 2 点 50 分，有两个人在银行排队。

第一个人预料到了银行关门之前要排长队，带了一本书来读，心平气和地等待着。他时不时地抬起头，看到出纳员在尽心竭力地工作，他们已经忙碌了一整天，他对他们感到同情。他想，轮到他时他要为耽误了他们下班而道歉，称赞他们的工作，在离开前表示感谢。

第二个人需要在 3 点之前赶到别的地方去，焦躁不安地站在队伍中，对每一个人气冲冲地抱怨，对出纳员怒目而视。他觉得他们养尊处优，在这么个大热天舒舒服服地坐在空调底下，而且 3 点钟就下班了。他觉得他们懒惰、愚蠢，连快点数钱都不会，而且想把他们的顾客赶走——事实上，他可以肯定他们在故意拖延时间，让不耐烦的顾客自己离开，这样他们就不必应付这么多人了，他们甚至可能在排到他之前就关闭银行大门。一个出纳员看了他一眼，这让他更加确信他们所做的一切都是在故意跟他过不去。他觉得自己被当成了傻瓜，因此怒火中烧。他在想轮到他时要怎么惩罚他们，总之他一定要在离开之前让他们吃点苦头。

实际上，这两个人处在完全相同的环境中。不同的是他们对环境的态度和反应。

作为人类，我们总是根据别人对事件的态度和反应来评判他们——从而更好地认识自己。如果一个电影院里有 500 个人看恐怖片而你是唯一没有被吓到的，走出电影院，你可以得出一个结论：根据别人的反应判断，你是一个不容易受到惊吓的人。如果你作品中的所有人物给你的主人公准备了一个生日惊喜派对，而他打开门却诅咒了他们所有的人，哪个要素能够说明问题？是派对本身？还是人物的反应？这告诉我们关于他的什么事？

归根结底，事件和环境本身还不及人物对它们的态度和反应的一半重要。在你把人物放进故事（其中事件和其他人物都在不断变化）之前，你必须首先了解你的人物会如何看待他周围的世界和如何反应。在整个创作过程中你必须时刻记住这一点。例如，人物可能认为自己是这样做的，实际上却是那样做的。生活中这样的情况并不罕见，人们在粗暴对待他人时却觉得自己很善良。爱骂人的老板，或者打老婆的丈夫，并不觉得自己暴虐，因为如果他们意识到了这一点，连自己都会受不了自己；或者，他可能隐约意识到了问题，但是为自己找到了辩护的理由（例如认为挨骂的工人是活该）。事实上，人物的内心活动和行动之间的矛盾是一种有力的工具，能够展示人物不为人知的一面。

如果这个人物刚好是故事的叙述者或视角人物，那么这个人物的态度还要重要一千倍——实际上对整部作品具有决定性的意义。

叙述

由谁来讲故事（或者谁是你的视角人物）？一个主要人物？一个次要人物？几个人物一起？有什么区别？这将如何影响整部作品？

选择叙述者或视角人物切忌轻率，不过遗憾的是许多作家都不假思索地做出这个选择。通常，他们下意识地把这个人物设定为焦点上的主人公。这样选择并没有错——事实上，这经常是正确的选择——但是问题在于做出决定之前，他们没有花时间考虑为什么这个人物作为叙述者有优势，他将提供怎样的观点，他将给故事叙述带来什么（或者减少什么），他的观点和其他人有何不同。电影编剧也有这个问题（他们不使用叙述者，但是要选择一个视角人物），选择多个叙述者或视角人物的作家也一样。（在这本书中，我们排除全知视角和框架叙事。）

许多作家错误地以为叙述者（或视角人物）的唯一目标就是讲故事。事实上，叙述者有三个目标：

第一个目标就是讲故事，描述事件的展开。在最基本的层面上，读者需要知道发生了什么事。为了完成这个任务，你的叙述者需要头脑清晰，善于观察，能够准确地把握事实和细节，能够以简单、直接的方式呈现信息。他就像一个摄影师；如果照相机晃动或者失焦，观众就无法知道发生了什么事。因此，你在叙述者基本的讲故事能力上做文章是一件非常危险的事情。

不过，这确实大有文章可做——许多作家都没有考虑过这一点。例如，你的叙述者是疯子吗？他认识到的事实全是错的？或者他是个说谎者？他描述的事件根本没有发生过？他根据自己的需要对事件进行取舍吗？如果是这样，作为读者，我们怎样才能知道什么是真实发生的，什么只是他杜撰的？我们怎样才能把故事搞清楚？

很容易看出，这样一部作品对读者来说会造成多大的困难——大多数读者会感到厌烦，把它扔到一边。如果你打算使用一个不可靠的叙述者，要么让他只在某些情况下不可靠（比如暂时处于药物的影响之下），要么提供其他可靠的叙述者作为补充，以便让读者了解真正的故事。如果有正当理由，我们可以暂时容忍一架失焦的照相机，但是没有几个观众能够坚持看完一整部失焦的电影。

叙述者（或视角人物）的第二个目标是用他的观点给故事润色。必须这样做，有两个原因：第一，如果没有观点，故事的叙述会变得平板和呆滞。对事件持有一种观点——或者任何观点——能够在我们与人物和故事之间确立一种既定联系。没有它，作品就像不相干的摘要。第二，要了解一个人物，再也没有比观察他的观点更好的方法了——由于叙述者（或视角人物）显然是作品中最重要的人物之一，所以很有必要了解他这个人。而且因为没有其他人在讲故事（存在多个叙述者的情况除外），叙述者的观点是我们了解他的主要途径（除非他自己中断故事，说"跟你说说我这个人吧"，显然这种做法是不推荐的）。

以在银行排队的两个人物为例，假设我们必须选择其中一个作为叙述者。选择不同的人会对故事产生怎样的影响？对于故事而言，第一个人会给我们提供一种更平衡的观点——但可能非常乏味。第二个人的态度会充满愤怒和偏执——但是可能很有趣，它甚至可能在没有悬念的地方创造出悬念。这对整部作品具有决定性的意义。

在任何一种情况下，态度的改变都会改变我们的整个经验。谁的版本才是正确的？两种都是。他们每个人都有自己的观点，同样基于事实，有理有据。对于第一个人，出纳员的善意是现实；对于第二个人，出纳员的恶意也是现实。事实上，出纳员是善意的还是恶意的？或者两者都不是？谁有资格做出这个判断？事实上所有的现象都是主观的，不是吗？最终，作为作家，你必须问自己，作品的客观事实究竟是什么，总的来说哪一种视角能够最好地服务于它？

第三章 实用人物塑造

叙述者的观点可以成为一本书唯一的决定性因素。随着我们越来越信任我们的叙述者（通常情况下都是如此），我们会下意识地接受他的感觉和见解。如果他爱一个人，我们也会爱那个人；如果他恨一个人，我们也会恨那个人。事实上，我们几乎不可能对作品中的其他人形成独立的观点，因为所有的内容都是通过一个叙述者传达的。在某些罕见的情况下，我们不喜欢或不信任我们的叙述者。但是，即便在这样的作品中，叙述者的观点仍然是一个决定性因素，因为我们的观感仍然以他为基础，他不喜欢谁，我们就喜欢谁。

叙述者并不总是这么简单直接地告诉我们他喜欢什么、不喜欢什么。实际上，这样的叙述者会显得太固执己见、支配欲太强，而把读者吓跑，因为没有人喜欢由别人来告诉自己应该怎样看待一个人；相反，读者更愿意自己形成观点。直接告诉他们应该怎样看待一个人物是许多新手作家常犯的错误。更有经验的作家会通过选择不同的观察角度来过滤叙述者的观点。观察角度是可以选择的。举例来说，一个人走进房间，身穿价值 1 000 美元的昂贵西装，头发却乱糟糟的。我们的叙述者可以只提到头发。他并不是向我们阐述他的观点，只是陈述事实。但是他对陈述哪些事实做出了选择。通过这种微妙的方式，他在暗示我们应该怎样看待这个人。一个更高明的叙述者可以既提到西装也提到头发，不过对西装一笔带过，而花更多的笔墨描写头发。从技术上说，他两者都描述了，但是强调的是后者。

实际上，叙述者的观点可以构成一个猜谜游戏。这是真实发生的事情，还是我们的叙述者的偏见？以银行里那个偏执多疑的叙述者为例。如果他告诉我们出纳员看他的眼光中饱含恶意，为什么我们不应该相信他？如果这一幕出现在作品的后半部分，我们可能更了解情况，但是如果我们没有长时间地观察他——比如这一幕发生在开篇场景中——我们就没法知道究竟是怎么回事。我们什么时候才会发现出纳员实际上并无恶意，这只是叙述者的偏见？在两次、三次、四次类似的事件之后？在作品的中间部分？还是直到结尾？

或者我们永远不知道？这永远是一个谜，供读者争论？读者会想要掉头回来重新阅读作品吗？"现实"可以迅速地被扭曲，事实上，这种猜谜游戏可以成为使读者获得满足感的来源。

　　态度是很微妙的东西，如果处理不好会导致严重的问题。许多新手作家容易做得过头。在这样的情况下，作品更多地围绕着叙述者而不是故事本身，从而使故事走进死胡同。读者很快就看不到故事了，他们会合上书并且生作者的气。

　　一旦新手作家偶然间发现来自观点的力量——认识到它比实际发生的事件更有影响力——他们经常陶醉其中，并且很容易走向极端。这是使用多叙述者和多视角人物最典型和最令人遗憾的驱动因素，我不鼓励这种做法。多叙述者和多视角几乎总是以牺牲基本叙事为代价。在这类作品中，你会经常看到重复的内容，作家为了给我们介绍一个新视角不得不在上下文这样做；问题在于，故事本身因此停滞不前。很少有作品能够在不同叙述者之间频繁切换，同时流畅地展开故事情节。部分原因在于区分各个视角消耗了读者的精力，天然地放慢了叙事节奏。事实上，我们很少遇到一部作品本质上要求多叙述者，并把多叙述者的效果发挥到了极致。（不是说这完全没有可能，有些作品，比如福克纳的《喧哗与骚动》就出色地运用了多叙述者，事实上正是视角的转换增加了作品的丰富性。）

　　叙述者（或视角人物）的第一个和第二个目标是相互冲突的，也就是说公正地讲述故事与用观点润色故事是冲突的。最好的作家能够同时实现这两个目标，二者相得益彰。但是保持二者之间的平衡是写作中最困难的一件事。每一个句子中都存在机会，透露关于叙述者的某些信息。作家不应该错过这种机会，必须善加利用。

　　看起来这些还不够，叙述者还有第三个任务。

　　叙述者（或视角人物）的第三个目标是展示他自己在故事中的活动。视角人物必须出现在每一个场景中（尤其是在小说这种形式中），不然他怎么能描述发生的事件呢？让一个人出现在每一个场景中会压得人喘不过气来；就像与某个人同居，我们总会偶尔想要摆

第三章　实用人物塑造　　45

脱他。这就是为什么我会（但很少）推荐转换视角人物，如果使用第三人称的有限视角已经行不通了，可以抽出一章或一节，给予作品中的不同视角同等权重。使用第一人称视角会有另一个问题：不能转换视角。叙述者讲故事的唯一方式就是出现在每一个场景中——不然，就只能由别人把故事转述给他，有时候这是非常糟糕的做法。如果我们的视角人物同时是对话和环境的关注中心和焦点，这就像是一个人自编、自导、自演的电影。

　　当我们考虑这三个目标之间的冲突时，目标就更加明确了。例如，视角人物的行动可能与他的观点相矛盾。让我们假设，整部作品从头到尾都在告诉我们他有多么恨人物 A，但是人物 A 一进入场景他就对他说："我真佩服你。"假设视角人物告诉我们的是真心话（读者通常希望如此），那么我们一定会奇怪，为什么他想的是一套，说的却是另外一套。他太没骨气了，不敢告诉别人自己的真实感受吗？他当时太紧张了？他是无法控制自己言行的那类人吗？他突然间改变了想法，还没来得及告诉我们？或者人物 A 是他的老板，他不得不表示礼貌？他之前是否暗示过，他的行动会与观点相悖？还是完全出乎我们的意料？如果是后者，为什么他不让我们知道？结果我们了解了关于他的什么事？我们还能信任他吗？

　　视角人物可以完全不参与到事件中去，就像一个小男孩坐在房梁上，报告下面屋子里大人们的行动。从这种视角观察场景，我们能得到什么？会失去什么？让我们回到银行里排队的那两个人。如果那个场景中的视角人物既不是第一个人也不是第二个人，而是一个置身事外、不偏不倚的职员，坐在他的办公桌后面，看着事件在他眼前展开。这样我们能够保持距离和更强的客观性。这个职员说出真相的可能性更大，因为他与事件没有密切的关系，实际上对此也毫不关心。但是我们会失去个人参与、即时性与紧张感。忽然间我们不站在任何人一边了。谁还关心发生了什么事？我们究竟为什么要观看这一幕？

　　最后，你必须问自己，这是谁的故事？通过这个人的视角，我能赋予它生命吗？还是应该使用另外一个人的视角？要讲述丈夫的故事，妻子的视角是最合适的吗？要讲述病人的故事，心理医生的视角是最合适的吗？

通过别人的眼睛

在《教父》开场的场景中，唐·柯里昂这个角色没有说一句话、没有做一件事就树立起来了。在一屋子沉默忠实的帮派成员中间，他坐在老板桌后，对面站着一个男人恳切地请求他的宽恕。只要看看别人对待他的方式，我们就知道唐·柯里昂是谁了。

相反，在《菜鸟大反攻》里，大学里的坏学生向我们展现了一般人是如何看待菜鸟的。不过，我们却开始喜欢和同情菜鸟，而且，我们开始讨厌坏学生，认识到我们应该讨厌的是那些欺负人的人，而不是受欺负的人。这条原则——别人如何看待我们的主人公——就是这部影片的核心（这里用来制造喜剧效果）。不过在大多数情形下，让我们对一个受欺负的人物产生同情，经常被用于制造戏剧效果，甚至是悲剧效果，比如《基督山伯爵》或者《弹簧刀》。

可悲的是，有意或无意地，我们经常观察人们是如何对待别人的，以作为我们自己应该如何对待他们的样板。如果我们走进一个房间，每个人都向国王鞠躬，我们很可能跟着鞠躬；如果我们来到一座城镇，人们都远远地躲开一个喃喃自语的乡下白痴，我们很可能也会躲开他。这就是"群氓心态"形成的原因，如果被卷入一伙愤怒、激动的暴徒当中，你自己可能也会相信他们闹事的理由，即便你根本不确定那理由到底是什么。

在不那么极端的日常情景中，这种隐蔽的人类特征也会显露出来，而且经常如此：假设这是你到新学校或新公司的第一天，你发现每个人都躲着某一个人，或者在背后嘲笑他，那么你可能也会躲着他，即使不为了别的原因，总之不想跟他扯上关系。相应地，你也会观察谁是受尊敬的，你会设法接近这个人，希望借此获得别人的尊敬。当你已经在新环境中待了一段时间，可以更加放松了，你可能才会跟多数派拉开一点距离，自己做决定，甚至违背大家的看法，认为某个公认的怪人根本不古怪，甚至跟他成为朋友。但是在第一天，你要遇到许多人，你必须以唯一可能的方式迅速做出决定，对他们加以区分。你极易受到多数人观点的影响。

你的读者也是如此，他们要立刻认识许多个人物。他们需要做出决定，所以会寻找提示。平庸的作家会把提示直接塞进读者的脑袋，告诉他们应该持有怎样的观点。好的作家向我们介绍一个新人物时，会生动地描述其他人是如何对待他的。描写 B、C 和 D 在学校操场上奚落 A。描写 B、C 和 D 向 A 寻求建议。描写 B、C 和 D 请求 A 给予保护。之所以推荐这种方法是因为它允许读者自己得出结论，并且留有解释和演绎的余地。

其他人对待人物的方式是一个机会，不仅能帮助我们了解我们的人物，还能帮助我们了解其他人——实际上，有时候这正是重点所在。如果人物 A、B 和 C 在学校操场上围住 D，这可能说明 D 是容易被欺负的类型——或者可能说明 A、B 和 C 是学校里的恶霸。

考虑以下问题：

• 其他人物如何对待你的视角人物？他们采取哪些特别的行动对付他（或者支持他）？他们对他说些什么？当着他的面，他们对其他人怎么说他？根据他听说的，他们在背后怎么议论他？这些能告诉我们关于他的什么事？

• 你的视角人物认为别人是怎样对待他的？他像我们说的银行里那个人一样，觉得别人都针对他而实际上没有那回事吗？或者她是一个受虐待的妻子，说她的丈夫打她，却不觉得这有什么不对？这种认识和现实之间的矛盾能够告诉我们关于她的什么事？

• 你的视角人物怎样对待其他人物？判断你的人物如何对待别人的最好办法之一就是给他一个对他自己不重要，但是对别人非常重要的目标，看他作何反应。比如，派一个快递员给一个生命垂危的病人运送血袋。如果快递员知道自己送的是什么却把血倒在大街上，我们会给他贴上邪恶的标签。如果他这么做是因为很久以前，这个等待血袋的病人冤枉过他呢？我们会给他贴上报复的标签。如果他打算运送血袋，却好整以暇，不在乎要花多少时间呢？我们会给他贴上自私、冷酷或者头脑有问题的标签。相反，如果包裹中只是给生病男孩的一块糖果，而他飞也似地冲过街道，冒着生命危险以最快速度送达，我们会给他贴上圣徒的标签。可以看出，一个人如何处理对别人非常重要的目标，能够帮助我们深入地认识人物本身。

- 其他人物怎样对待彼此？在视角人物看来，他们怎样对待彼此？
- 如果有人以意料之外的方式对待你的视角人物，他会作何反应？如果出纳员对银行里的第二个人非常友善，他会怎样做？如果出纳员的态度很恶劣，第一个人会怎样做？这会改变他们的观点吗？还是会巩固他们的观点？这会让我们无法相信他们的判断？还是更加信任他们的判断？

群体人物

你曾经是一个不允许出错的化学实验小组的成员吗？有三个最好的死党？参加过足球队？戏剧社？委员会？在短暂的合作之后，群体的成员成了多年的朋友？还是相反，群体中气氛紧张，冲突一触即发？你再也找不到更不相配的一群人同处一室了？争吵从未停止？

在第一章和第二章，你学会了塑造个体人物。现在要看一看如果把你塑造的人物们放在一起，是不是一个好的选择，他们之间是否有充分的互动。如果你的选择是正确的，你马上就能知道，纸上的文字会鲜活起来。想想《早餐俱乐部》或《单身公寓》。人物的互动推动了整部作品。如果把一位将军和一个逃兵放在同一个房间里，场景会自动浮现。如果他们是真实的人物（不是脸谱化的人物），可能引发意想不到的结果。或许将军自己也想离开军队，他是迫于家庭压力参军的。或许逃兵想追随部队，只是被他的女朋友拐跑了。或许他们都是坚定的爱国者，只不过表现形式不同；或许他们有许多共同点；或许他们都收集硬币、都是天文专家。（参见第六章：冲突。）

相反，如果你的选择是错误的，你通常也能马上知道。场景会显得死板，不管你做什么都没有用。你会发现想让它鲜活起来，需要付出十倍的努力——让对话更机智、背景更不同寻常，你可能试着加入悬疑的因素，甚至尝试在人物身上添油加醋——但是这些都是表面的修补，这个场景在你开始创作它之前就失败了。作为编辑，我经常需要花时间修改已经签约的、或者作家已经开始创作的书稿；基本结构不能改动，我只能尽力弥补。我会加入各种元素，让它更生动，可读性和代入感更强——但是从根本上，它不会是一部伟大的作品，因为从一开始，选择就错了。做这些就像把一只手绑在背后干活。

我们应该一开始就为创作伟大的作品努力，而不要事后修修补补。看一看你的人物之中有截然相反的人物吗？有几乎一模一样的人物吗？有站在共同立场的人物吗？什么把他们联系在一起？他们朝着共同的目标奋斗吗？（尽管如此他们却彼此憎恨吗？）有什么把他们分开吗？日程冲突？他们来自不同阶层、不同种族？星座不合？（尽管如此他们却彼此相爱吗？）

相似或差异不一定是造成观点分歧的主要原因。例如，A 和 B 可能出奇地合得来，尽管 A 讨厌抽烟而 B 是个老烟枪；或者 A 讨厌吵闹的人而 B 是个大嗓门（参见第六章：冲突）。这种看似琐碎、不重要的细节可以创造出生动的关系。这就是把人物放在同一环境中让他们不得不彼此相处（而不仅仅是擦肩而过）的美妙之处。每个人物都必须学会容忍和妥协；每个人物都必须了解自己和他人；如果他们能够超越琐碎、肤浅的表面好恶，他们可能发现对方比原来想象的丰富得多。

与彼此共度的时间

你的人物彼此共度了多少时间？在每一个场景中都有很多人物互动吗？还是在10个不同的场景中有10个独立的人物，彼此之间完全没有互动？人物并不是必须彼此互动，但是人物互动越少，你需要通过其他方式做出的补偿就越多。例如，你可以用特殊的时间、观念或背景把他们联系起来。不过在这种情况下，人们可以把加入的元素本身也视为一个人物。例如，在《闪灵》中，房子跟其他人一样是一个重要角色——甚至可以说是更重要的角色，随着故事的进展，人物互动越来越少，房子把他们联系在一起，让他们更加接近。

同样要考虑人物与彼此共度时光的方式。作品中充斥着仓促的会面吗？人们在公共汽车站、酒吧擦肩而过，从来没有真正认识对方？还是彼此熟识，在同一个牢房度过了10年时间，一起经受过折磨和考验？人物能够通过一次短暂的相遇就真正认识一个人吗？还是从来没有真正认识过一个人，尽管一辈子都跟他生活在一起？最后，我们认识到了解另一个人并不完全取决于跟他度过了多少时间，还要取决于那段时间的特质、一个人了解别人的意愿，以及别人向他敞开心扉的意愿。

还要考虑人物是否愿意彼此共度时间。两个人物渴望摆脱对方却不能实现，这样的概念足以推动一部完整的作品（《午夜狂奔》）。在他们彼此逃避的道路上有什么障碍？他们被分配到部队的同一间营房吗？住同一间集体宿舍？他们是队友？狱友？相反，两个人渴望在一起却不能实现，是同样有力的工具。他们之间存在什么障碍？家庭的阻力（《罗密欧与朱丽叶》）？地理上的距离？金钱？年龄？或者，也许人物A想和人物B在一起，但是人物B只想逃开？人物A是跟踪者吗？一个积极的求婚者？一个食客？

群体行为

一群人可以被视为一个人物，它的存在有力地支撑着整部作品。试想，一个派系（《局外人》）、一家公司（《电视台风云》）、一个家庭（《凡夫俗子》）。当人们聚集在一起形成一个单元，会发生一些不可思议的事。群体的行为与个体不同。

如果你的人物是群体中的一员，这会对他产生怎样的影响？他在其中越陷越深吗？受群体的影响，他的行为改变了吗？他现在是一个虔诚的克利须那教徒？一个厚脸皮的公司推销员？一个严守纪律的军人？一个街头混混？他只在群体面前这样做？还是已经彻底改变了？或者他完全不受群体的影响？相反，他对群体施加了影响吗？他以一己之力对抗他们（《码头风云》）？让他们改变了行为方式？个人和群体可以成为彼此的参照；这是帮助定义他们的最好方法。你也可以让某个人拒绝成为群体的一员（《天外魔花》），或者让一个群体反对另一个群体。

你可以通过灵光一现创造一个世界，通过精心设计的时间、地点和纯粹的概念——比如《银翼杀手》——不过更简单、更常用的方法是通过一组人物来创造一个世界。《教父》在两个层面上都做到了完美，创造了一个事件、地点和概念的原创世界，同时保持了强有力的群体关系（在这里是家庭）。我们欣赏这部电影，既因为它描绘了黑手党的幕后故事，也因为它表现了汤姆告诉迈克尔，他始终希望被当成他的兄弟的一幕。（这就是为什么《教父2》的结局如此具有冲击力的原因——黑手党的信念与迈克尔杀死自己兄弟的行为相互冲突，我们意识到二者不可能共存。）《星球大战》也是如此，既创造了一个时间、地点和生物完全虚构的外星世界，同时保持了群体关系，不仅有反抗军与帝国军队的对抗，而且在个人的层面上构造了基本的家庭关系。事实上，单看那些夸张的剧情和隐藏的秘密，《星球大战》中的家庭关系几乎就是一出肥皂剧，如果移植过来，这一集可以叫做《只此一生》。但是这正是平衡外星世界的陌生感所需要的。这两部作品成为电影史上的杰作并非偶然——并且二者都衍生出许多续集。

环境

人物 A 是一个坚定的爱国者。他相信并且始终赞成一个人应该为了他的祖国去杀人。他的国家卷入了战争，他应征入伍，现在他趴在一条战壕里，举起枪瞄准一个敌人。他看见他了。但是，忽然身体一阵紧绷，他无法扣动扳机。

人物 B 被认为是懦夫，连队中的薄弱一环。他是个身体虚弱的小个子，反对杀人，几乎不会使用武器，他一直知道自己不适合当兵，在战友们面前从未表现出男子气概，甚至没有说过一句重话。但是有一天一颗手榴弹飞进房间，当其他十个人吓得呆若木鸡时，他毫不犹豫地扑过去抱住它，牺牲了自己。

一个人物可以以某种方式思考和感觉，而当行动的时刻到来时，却采取完全不同的行动。只有通过环境我们才能看到我们的人物如何行动，了解真正的他是怎样的人。作为一名作家，创造环境是你的任务。如果环境足够强大，你的人物会自然而然地行动和反应，结果是人物会生动起来。他们会通过行动告诉你他们是谁。如果你创造了正确的环境，你会发现场景一幕接一幕地自己展开，在这个过程中你对人物的了解会比通过任何其他方式都深刻得多。

没有证明一个人物勇气的环境，我们很难对他形成看法和下判断。尤其是对于我们的视角人物。在整部作品中都置身于一个人物的头脑中，这种经验可能具有欺骗性。最后，仅仅因为跟他共度了这么长时间，因为分享了他的秘密思想，我们变得很难不赞同他；他的希望变成了我们的希望，我们感觉自己成为了那个人物。我们变得过于关心人物的内心对话，忘记了退后一步，根据他的行为判断这个人。但是当我们读完整部作品回想起来，当我们向自己（或其他人）复述这个故事时，我们必须回忆起的是人物的行为，而不是思想（无论他的思想多么邪恶或多么善良），因为人物的行为就是作品的行为，是仅有的、我们能够指出的具体事件。如果一个人物在200页的篇幅里都在思考爱，然后举枪杀了他的朋友，有人问我们这部作品讲的是什么，我们不会回答说："讲的是一个人关于爱的思考。"而是会回答："讲的是一个人举枪杀了他的朋友。"如果你观察人物思想和行动的关系，经常会惊讶地发现二者之间存在矛盾（在现实生活中，我们自己的思想和行动之间也经常存在矛盾）。

不过，我们必须小心，不能因为环境就给人物永久性地贴上标签。以一个不敢扣动扳机的18岁士兵为例。这时候你会认为，他不是那种当你命悬一线时能够仰仗的人。不过，同样是这个士兵，20岁时可能成了他所在连队里的嗜血杀手。人物对环境作出的反应会发生变化，对于塑造人物的人生经历和轨迹，这是一种强大的工具（参见第四章）。他从一种环境中吸取经验了吗？把环境当做一个成长和变化的契机？受到了环境的伤害？

即使一个人物没有发生改变，他的不作为也不一定意味着他持否定观点。人物A可以是一个坚定的爱国者，鼓励其他人去杀人，但是自己却做不到。你可以说他虚伪，但事情并不是那么简单。在语言和行动之间存在着奇妙的鸿沟，不作为不一定就是否定观点。不过，无论他的观点如何，我们必须依据他的行为来评判一个人物。

要测试一个碗的耐热极限，必须有极高的温度，同样，极端的环境能够让我们更深入地认识一个人物。对一个坚强地忍受残酷折磨的人，我们会重新产生尊敬；对还没开始受刑就招供的人，我们会产生厌恶。如果没有《猎鹿人》中俄罗斯轮盘赌那一幕，我们对人物的认识会完全不同（他们对彼此的认识也会完全不同）。不过极端环境并不是必需的。酷刑距离日常生活非常遥远，如果你依赖它（或者某些同类事物）来向我们介绍人物，你会发现你的作品中充满了大多数人无法产生代入感的夸张环境。考虑以下环境元素：

痛苦

痛苦会让我们了解一个人。他对父母的去世作何反应？哭上几个月？一滴眼泪也不掉？当他被诊断出患上癌症，他会如何反应？面临破产？被当众诋毁？在面对一些更平凡的琐事时他会怎么做，比如说为一个不懂得感激的老板打工？长时间饱受牙痛的困扰？他会变得愤世嫉俗吗？向其他人乱发脾气？或者他一辈子都在遭遇不幸，却一直坚强面对？或者他根本应付不来？他会为了逃避痛苦而不择手段吗？

牺牲

我们很少会面临要么杀人、要么被杀的困境。在大多数情况下，牺牲以更微小、更隐晦的形式出现。他在地铁上会给人让座吗？为了帮助父母默默工作？周末留在家里帮姐姐照看孩子？他总是在寻求自我牺牲吗？还是他不会为除了自己以外的人做任何事？

环境

老话说得好，跟一个人一起旅行，你会了解他的一切。简单地改变一个人物所处的环境，能够揭示关于他的许多东西。一个城市人在丛林中会有怎样的表现（《绿宝石》）？一个牛仔在曼哈顿呢（《午夜牛郎》）？一个有钱人在拖车场里会怎样表现？一个在拖车场长大的孩子在帕克大道的豪宅里会怎样表现？他讨厌寒冷吗？温暖会使他活跃起来？无论什么样的环境他都能适应吗？无论去哪儿他都不会改变吗？

艰难时刻

思考这个人物的弱点是什么，你可以按下哪个按钮来刺激他。以一个习惯了城市文明的普通人为例，让他顾不上吃一日三餐，让他在早晚的交通高峰挤车，让他的脚疼，让他一直站着，让列车在隧道中央停下来，整整一个小时没有移动，然后让一个人踩他的脚。他会发火吗？看起来琐碎的环境可以瞬间改变一个人。这种改变能否反映人物性格，取决于他们是不是简单、熟练地对这样的时刻作出反应，以及他们的反应是否与当时的情况相称。在这样的时刻，一个人发火是很自然的。不过，如果他没有发火，始终保持冷静和耐心，这就会告诉我们关于他的许多事；相反，如果他只等了3秒钟（而不是一个小时）就开始烦躁了，这也能告诉我们关于他的许多事。但是如果没有这样的环境，我们什么也不知道，所以你的任务就是创造环境。

多面性

一个人物由于环境的原因，在某些时刻暂时性地行为反常，与一个人物具有多面性是不同的。比如说一个善良的人一时被激怒，打了一个小孩，事后会为自己的行为懊悔不已；相反，一个多面性的人物会觉得自己的行为一点都没有错，甚至可能经常那样做。

作为人类，人物会做出矛盾的行为。一个毕生致力于慈善事业的男人也可能打老婆；一个献身于救治儿童事业的女人也可能对她自己的孩子大喊大叫。以那个在折磨之下不屈不挠的男人为例。让我们假设此前他一直是个讨厌的胆小鬼——一个我们轻视的人物。现在我们有理由喜欢他了。我们的认识经过了怎样的轨迹？作为人类，我们喜欢评判人，这决定了我们如何看待他们。我们喜欢把他们的优点和缺点做比较——不一定要详细列举和清楚掌握其中每一条——然后做出一个笼统的判断。在这个例子中，如果我们把这个人的优缺点相比较，缺点仍然更多。或许我们会讨厌他，不过会有所保留。

多面性的主要功能之一是让作品更富现实性，让我们更容易代入其中的人物。我们很难代入一个完美的人。但是如果给他加上一些缺点，他就变得更像我们自己了。我们很难认为自己像超人，但是在《冲突》中的塞尔皮科身上，我们几乎能够看到自己的影子。我们有些时候像英雄，有些时候像懦夫；展示一个人物的方方面面有助于让他更加真实。制造一个人物的道德复杂性也有助于增加故事的丰富性，留给我们空间去争论孰是孰非；在《蝙蝠侠与罗宾》这类人物只表现正面形象的作品中，我们找不到这种哲学上的满足感。

但是多面性很难操作，如果不是由经验丰富的作家来写，很容易出问题。人物的性格层次越多，我们就越难决定是不是应该喜欢他，是不是应该关心他，是不是应该跟他站在一起（与现实生活中的人一样）。许多作家最后塑造出来的人物介于值得同情与不值得同情之间——相反，他们只是世俗和无趣的人。对于那些无法下定决心的作家，缺少把作品托付给某个特定人物的勇气的作家，或者最常见的，不惜一切代价追求"现实主义"的作家，塑造"道德上暧昧不明"的人物可以是一个方便的借口。

在今天的文化中，"现实"被奉若神明——无论是在电视真人秀《真实世界》和《美国警察》中，还是伪纪录片《女巫布莱尔》中，你可以在互联网上通过全天候摄像头看到今天"真实"发生的一切……《纽约时报》报道称，2001年将近70％的新电视节目是纪实性的。我们很难责备作家追求现实主义，因为所有的写作工作室都在灌输"写你了解的东西"这样的教条。现实主义有它的优势：它能让一部作品更真实合理，让怀疑的悬念更容易产生（因为需要做的事情很少），让作品代入感更强。但是，认为现实主义高于一切的结果是，我们经常发现，留给我们主动去支持或反对一个人物的余地越来越小。现实主义剥夺了一切英雄主义和理想主义。英雄本身成了一个错误的概念，因为它距离"现实"太远了。有人注意到最近20年里，电影也发生了变化：今天不太可能再拍出《洛奇》或《野蛮人柯南》这样的电影——整部作品都在表现一个简单、无畏的英雄。结果，真正的英雄越来越少，榜样越来越少——只有每个人在日常生活中司空见惯的普通人。艺术不再是一种超越，而是更多地拥抱了世俗。

问题在于，在一个基本的层面上，读者需要一个能引起他们足够关心的人物，无论是正面的还是反面的，他们需要足够投入才能坚持阅读下去；他们需要知道这是谁的故事，应该赞同哪个人物，即使没有其他原因，他们也需要一种可以信赖的观点。今天，很多人会嘲笑童话故事和神话传说中的英雄和恶棍是脸谱化和单一化的。但是这些故事流传了几千年；而另一方面，当代的现实主义小说经常在出版两年之后就过时了。古人知道这种单面人物有着无与伦比的优点。他们可以成为波涛汹涌的大海中坚定不移的元素，实际上你可以让你的其他人物更复杂、更多面，这些人物的存在给了你机会。这就像是洞穴潜水员身上系的绳子：只要有绳子在，他就可以探索得更深，拐多少个弯都没问题；但是没有绳子的保障，一个不起眼的转弯都会让他迷路。乔治·卢卡斯知道这一点，他在创作《星球大战》的人物时，严格参照了英雄和恶棍的古老模式，然后加入现代特征，使人物更接近现代人。他们非黑即白（字面意义上），连小孩子都能理解，成年人也为之着迷。数以百万计的孩子跑出影院，模仿达斯·维达和卢克天行者，戴着万圣节面具，挥舞着光剑。

答案是多维的。重点在于，在刻画多面性人物时，必须记住单面人物的优点，要知道自己在放弃那种模式的同时牺牲了哪些东西。真正的多面性是一种强大的工具，可以让人物层次丰富，并赋予其生命力。但是必须小心谨慎地使用这种工具。要让一个人物经得起冤枉，他必须首先值得同情。一份完美无瑕的纪录上留下一个污点；对于坏人，应该是在一长串背信弃义的历史上写下值得盛赞的光辉一笔。经常问问自己，作品有没有让读者困惑，不知道是否应该同情你的人物——或者更重要的，不知道是否应该关注他。如果一个人物足够迷人，我们可以对他又爱又恨，永远为他感到迷惑，却从不想离开他。

练 习

场景清单

如果你以前没有做过,现在列出一份场景清单。一章接一章地列出作品的基本事件或环境。如果你刚刚开始创作,可以写得粗略一些,只包含少量事件和片段即可。

出场频率

对照你的场景清单(如果你觉得有困难,可以先列一份目录),在每一个场景(或章节)下面写下出场人物的名字。现在你有了一份作品的人物出场清单。这项练习经常能够揭示某些东西。例如,现在你可能意识到人物 A 出现在第 1、2、3 章和第 5 章,然后直到第 14 章都没有再露面。你可以马上看到一个人物在作品中的出现是均匀分布的还是不成比例的。人物的出场时间不成比例本身没有错,只要这样安排是有目的的就行。但是通常不是这样。一本书或一个剧本可能很长,作家经常忘了谁在哪里出现过。

这项练习也是列出作品大纲的重要的第一步,我们将在后面讨论。

人物互动图

把作品中所有人物的名字写在一个大圈里。(如果你还没有开始写作这部作品,这个圈可以是假设性的——甚至可能有助于激发灵感。)把每一组产生互动的人物用线连起来——如果他们是朋友(或者站在同一边）用直线，如果是敌人用波浪线。这揭示了什么？A 和 B 只跟 C 和 D 有互动吗？还有谁可能跟 A 或 B 产生有趣的互动？谁互动最多？谁最少？圈子里哪部分最强？哪部分最弱？不存在正确答案或正确路径，不过你必须要有一个整体概念，因为掌握全局不像看上去那么容易，尤其是对于篇幅更长、人物更多的作品来说。

设定环境

了解你的人物的天性之后，就该利用它们了。列出 10 件能够刺激他作出反应的事情。例如，如果他不会游泳，把他放在一条快要沉没的小船上；如果他讨厌吵闹的人，让他在酒吧等人，身后坐着五个大声喧哗的顾客；如果他是善妒的类型，让他在派对上看见自己的妻子跟别人跳舞；如果他喜欢狗，让他得到一只小狗作为生日礼物。选择 10 种不同的环境——积极的或消极的——让这个人物获得终极体验。

考虑每一种环境如何成为一幕场景的核心。

选择 10 种会让他获得终极体验的环境，但是这一次要与作品的主题保持一致。

现在考虑每一种环境如何成为一幕场景的核心并推动故事的进展。

人物行动清单

最后，我们必须根据人物的行为评判他们。一个人物在 400 页里都在痛恨每一个人，而他唯一一次行动是扶老太太过马路，那么他肯定会被当成一个好人。相反，一个人物在 400 页里思考关于爱的一切，而他唯一的行动是偷了别人的钱包，他一定不会被当成好人。具有讽刺性的是，你会发现随着你对人物的思想投入越来越多的时间，你可能根据他的思想而不是行为来评判他。

选择一个人物来做这项练习。把这个人物在整部作品中所有的正面和负面行为列出具体清单。清单的哪一边更多？你为发现他的思想、感觉、看法和行为之间存在矛盾而感到惊讶吗？这种矛盾有多大？根据这个人的行为我们如何评判他？跟你预期的一样吗？你能做出哪些修改，让这个人物更接近你的想象？

人物灵感

如果你有一个想写的人物，但是还没有构思好情节，停下来想一想为什么一开始你会选择这个人物？他身上的什么东西激发了你的灵感？什么事件或环境能把这种东西体现出来？

第四章 经 历

> 写一本书就像开车走夜路。你最远只能看见车头灯所照之处，但是你可以就这样一路走完全程。
>
> ——E. L. 多克特罗（E. L. Doctorow）

好莱坞的制片公司在公开发行重点影片之前都要做市场测试。他们花费数百万美元测试观众的反应，目的很简单，就是看观众满不满意。满意的经验是由什么构成的？有规律吗？是能够人为控制的吗？为什么只看一个故事梗概不能满足我们？既然我们很快就能了解情节大意和故事结局，为什么还要坐下来读一本500页的书或者看一场两个小时的电影？

当你开始讲故事时，你会发现第一件事不是决定透露哪些信息，而是决定保留哪些信息；你传播信息的方式比信息本身更重要。读者或观众正是在这个信息传播的过程中获得满足感的，正如对于一个自行车手，满足感来自骑行的过程，而不是终点处。我们发现，目的地远没有旅程来得重要。

作家的任务就是塑造能够推动和支撑这样一段旅程的人物。塑造处于变化中的人物，在某种意义上，是到作品结尾会变得完全认不出来的人物、成熟的人物。婚姻岌岌可危、寻找婚外情的男人；粗心大意、随时可能落网的盗匪，理想的人物像一种挥发性的化合物：不稳定、无法预期，在能治愈所有疾病的药物与大规模杀伤性武器之间只有一线之隔。这就是为什么斯坦利·埃尔金说他"只写那些穷途末路的人物"。我们必须记住，如果一开始没有不满和悬而未决，最后就不可能有满意和问题的解决。

为什么一些经历能让我们满意而另一些不能？经历可能以直观可见的方式呈现，比如一个人去过20个国家旅行，年纪到了50岁，但这对我们却毫无触动；经历也可能以最细微、最不易察觉的方式呈现，却带给我们极大的满足感。答案存在于经历的性质当中。不是所有的经历都一样。有明显的、容易代入的经历——我称之为"表面经历"，也有表面之下的、内在的、不易辨识的经历——我称之为"深度经历"。在我们开始剖析它们之前，请注意二者之间的区别同时也就是满足和厌倦之间的区别。

我们先来看三种深度经历：

深度经历1：认识他人

我们整天都在听别人说话，与别人互动，但是很少真正听懂他们在说什么，了解他们到底是谁；相反，我们不是依据他们本来的样子，而是依据我们希望他们是的样子创造出他们的形象。我们可以下意识地忽略他们的缺点。有许多原因会让我们戴上有色眼镜：一个母亲可能出于纯粹的爱，拒绝看到她儿子邪恶的一面；一个员工可能因为害怕，拒绝看到公司里发生的欺诈行为；一个士兵可能——事实上他不得不——拒绝看到敌人善良的一面。有时候我们看到了错误，但是会寻找借口，大事化小、小事化了。

认识他人不像看上去那么容易；某天醒来突然发现真相时（尤其是不愉快的真相），意味着同时发现自己一直以来都是错的。这会迫使我们面对自己，深入自我认识之旅。对于大部分人来说，这比任何事情都可怕；大部分人宁愿跟有害的人一起生活，也不愿意承认自己不善识人的事实。

所以我们戴着有色眼镜生活。直到有一天，如果我们足够幸运，我们会看到人们的本来面目。受虐待的妻子终于觉醒，认识到她的丈夫是个混蛋；员工认识到他的老板是个蠢货；邪教教徒认识到他的组织实际上是个邪教；叛逆的儿子认识到他的母亲一直对他疼爱有加。

尽管对他人的认识本身是一种深度经历，它仍然是一种不完整的经历。受虐待的妻子可能离开她的丈夫，但是一年以后又回到他身边，或者又找到另一个打老婆的丈夫；邪教徒当时可能离开了，但是一年以后又加入了一个新的邪教。治标不一定能治本。要彻底改变，一个人必须经历一番更深刻的旅程：自我认识。

深度经历 2：认识自我

投入自我认识之旅的人物不仅会认识到他的组织是一个邪教，而且会更进一步，认识到自己身上有某些东西引导他加入邪教。挨打的妻子不仅认识到她的丈夫喜欢动粗，而且认识到自己总是被粗暴的关系所吸引。当这些人物开始对生命中的关系承担起个人方面的责任时，他们就会设立新的限制，不允许自己重蹈覆辙。其他人要么遵从他们的愿望，要么离开他们的生活。在某种意义上，他们认识到了自己是谁，应该得到什么。

为什么良心的谴责对于我们的社会如此重要？如果一个人犯下了可怕的罪行而被判处死刑，为什么我们更关心的是他是否感到悔恨？他是否悔恨有什么区别吗？对许多人来说是这样，因为悔恨意味着自我认识的历程。这种经历受到高度重视，许多人只要知道罪犯感到悔恨就能获得某种满足——有些人甚至仅仅因此就宽恕他。实际上，许多宗教认为一个罪犯来世的命运——他能否获得救赎，该上天堂还是下地狱——取决于他是否经历了这种心路历程。从《陌生人》到《死囚漫步》，这种悔恨的经历（或相反的经历）成为许多作品的核心并非偶然。悔恨本身并不重要，自我认识的历程才重要（比如《罪与罚》中的拉斯柯尔尼科夫）。

自我认识有可能从内部触发。思虑深重或离群索居的人可以通过自己的努力实现自我认识。但是通常情况下，自我认识是由外部来源触发的，比如听老师讲课或者牧师布道。就像醍醐灌顶，一个人忽然间认识到自己内心深处的某些东西。外部来源是重要的催化剂，不过必须记住，教室或教堂里还有另外 50 个人听到了同样的话，却没有实现任何自我认识的提升。一个人必须有意愿和准备去倾听，而这只能来自内部。

深度经历3：在认识的基础上采取行动

最终认识到你的丈夫是个混蛋是一回事；起诉离婚是另一回事。认识到你总是被粗暴的关系所吸引是一回事；有意识地努力改变这种生活方式，寻求救助，在下一次同样的事情发生时说"不"是另一回事。也就是说，在认识的基础上采取行动是另一回事。读者从认识本身就能获得满足，比如说一个杀手的忏悔。但是如果这个杀手出于悔恨，为了帮助其他的受害者献出了自己的生命，读者会获得更大的满足。读者从员工认识到自己公司的欺诈行为获得满足，如果这个员工最后决定辞职，他们会获得更大的满足。一个人物可以感到悔恨，善意地思考，深刻地认识自我，但是当一天结束我们需要对他做出评判时，我们只能依据他的行为轨迹，就像地图上的标志点。实际上，没有付诸行动的认识是不是一种真正的认识，这是值得商榷的。

为了决定你的人物是否会采取行动，你必须首先考虑认识的深度。你的人物只听了一个小时的演讲就改变了信念吗？还是花了四年时间自学并深思熟虑之后才改变信念？你还必须考虑你的人物的性格。他是一个反复无常、容易受影响的人？还是一个顽固、不容易受影响的人？如果一个人经常参加新纪元研讨会，每次回家都像变了一个人，那么他又一次这么做就不会让我们惊讶（或者满足）；另一方面，如果一个人毕生都在慷慨激昂地反对新纪元哲学，有一天却决定去参加为期一周的隐居，则会让我们获得很大的满足。这个人经历了转变。

不再以原来的方式做事情也是一种行为。对于原来的酗酒者和赌徒来说，喝酒和赌博的诱惑是巨大的。因为我们是习惯的动物，对原来的方式说"不"本身就是一种需要付出努力的经历。

在认识的基础上采取行动是所有经历中最深刻的。在这种经历结束时，人物彻头彻尾地变成了另一个人，完全认不出来了——甚至连他自己都认不出自己。（现在我们看到了塑造拥有变化潜质的人物的重要性。）信念与身份认同相伴随：一个人要做的就是改变他的信念，依据新的信念采取行动，这样他就完全变成了另一个人。一个人决定参军还是当逃兵取决于他的信念。当儿子带新女朋友回家时，家长担心的不是他将要跟她在一起，而是她的观念是否会影响他，而这是否将把他变成另外一个人——一个决定不再跟他们一起生活的人。这就是为什么所有作品中最恐怖的，是那些描写人物的思想是由别人强加给他们的作品。毫不奇怪，我们对《满洲候选人》或《发条橙》最生动的记忆是洗脑的场景。这些人物被迫变成了另外的人——最初的人物好像永远消失了。这让我们意识到我们有多么容易被改变。

认识和行动之间的矛盾

如果因为一个人物没有在认识的基础上接着采取行动就完全否定他的认识，这样做公平吗？有没有缓和的余地？我们是否应该考虑人物有没有依据认识采取行动的性格、意愿、信心或能力？

行动有时候并不容易，我们不应该因为没有行动就认定认识是无效的。通常，其他人物会妨碍一个采取新行动的人物，对他说"这根本不像你"、"这事长不了"、"你以前试过了"、"你正处在过渡时期"，诸如此类的话。这是因为眼睁睁地看着一个人改变是一件可怕的事；他可能变成一个新人，其他人不知道该如何跟他相处。他们还担心是不是生活中的每一个人都会改变。突然间，生活变得缺乏安全感了。

当一个在宗教家庭长大的女孩有一天认识到她并不信仰她的宗教，她可能留下来继续参加宗教仪式，也可能彻底离开原来的环境。这个决定需要她付出整个家庭和故乡的代价，离开将显示她强大的信念和个性；但是留下也是可以理解的，即使她生活在谎言中。选择留下就让她的认识不那么有价值了吗?

认识和行动之间是有可能存在矛盾的——事实上,这经常存在。不要急于解决这种矛盾——让你的人物立刻采取行动——你可以利用甚至延长这种矛盾,从而创造出一种最深刻的紧张感。人物知道正确的行动是什么,但是不确定他是否要那样做。他与自己的内心交战。这种紧张感持续下去会变得令人无法忍受。

这种内心冲突是数不清的神经官能症的来源,比如心理投射和偏执狂。在这种情况下,一个人可能真的让自己生病,表现出生理上的症状。在宗教负罪感的极端情况下(认为自己永远无法满足宗教仪式和戒律的要求而感到有罪),一个人身上可能发生异乎寻常的怪事,比如手掌流血或恶魔附身。这些都可以回溯到一个人认识到自己行为的错误与不能(或不愿意)采取行动去弥补之间的矛盾。(在有些情况下,比如宗教负罪感的例子中,我们必须考虑这种对"错误"的认识是不是一个人真正想要的。)这就是为什么杀手、纳粹分子和其他同样类型的人不允许自己看到他们行为中的错误。一旦这种认识闯进他们的头脑,他们很快就会被自己行为造成的重负压垮。

这种矛盾也可以是道德困境的来源。如果一个人认识到自己的错误,但是在极端环境下被迫继续邪恶的行为,情况会怎样?比如一个枪口下的犹太人,为了救自己家人的性命不得不帮助纳粹。哪一样更重要:杀人还是保全家庭?如果一个人发现了公司的欺诈行为,但是必须保住工作以支付他姐姐的手术费,他应该更忠于谁?家庭还是陌生人?什么时候错误的行为是可以接受的?为什么可以接受?他为这种牺牲付出了什么代价?

也有可能一个人永远无法解决认识和行动之间的矛盾。事实上,你的作品可以研究大多数人为什么很难(或者根本不可能)采取行动;一个人可以认识到他的公司欺诈,却从未采取任何行动。你可以就这样写,让我们只得到部分的满足感。即使他从未采取行动,你也可以通过其他方法补偿我们,创造满足感。例如,我们通过看到他在负罪感的压迫之下自我折磨，会获得部分的满足感。正如上文提到的，这种自我折磨可以继续演变为神经官能症，甚至精神失常——甚至自杀——作品将更多地围绕着他不作为的心理负担，而不是他的行动。

对结果造成影响的不作为（如上文提到的）能够制造道德困境，带来一种哲学上的满足感，读者可以争论怎样做才是正确的，如果他们自己处在人物的位置上会怎样做。要创造最大的满足感，你可以让人物产生认识并决定采取行动——甚至开始行动——但是却已经晚了。员工决定告发他的坏同事，但是在半路上就被 FBI 逮捕了。在大吵一架之后，固执、任性的儿子终于意识到他让母亲多么难过，而她一直以来对他多么宽容；他到母亲家去道歉，却发现母亲已经去世（弗兰纳里·奥康纳的《汇流》）。他已经有了认识；决定采取行动，他已经开始行动了——但是太晚了。行动永远无法达成。但是，作为读者，我们仍然感到某种解决，好像他已经采取了行动一样。这种手段运用在悲剧中可以取得最强烈的效果，比如《罗密欧与朱丽叶》。

表面经历

"表面"经历是一种所有人都能识别的经历，一种传统的、社会普遍接受的成长或进步的标志，比如减掉 50 磅体重，或者在公司中晋升，或者一段新的恋情开花结果。这些经历作用很大——它们是读者能够理解、代入、在被问及关于人物的问题时马上会提到的经历。他是一个助理编辑？编辑？高级编辑？他年薪 35 000 美元？45 000 美元？这些经历很容易被误解成深度经历。它们不是。与认识、内心认同、信念和决心这些深度经历相比，掌握表面经历要简单得多，也轻松得多。讽刺的是，深刻的、内心的经历经常看上去更不实际、不持久、虚无缥缈和容易改变；反之，大部分表面经历，比如买一所房子，被认为是更持久、更稳定的。人类的最大悲剧就在于我们让自己被这些表面经历蒙蔽，以为这些就是深度经历。财富和地位来来去去，最后只有内心经历留下来（《约伯记》）。如果适当应用，表面经历可以成为引导人物走向深度经历的关键工具。

小说和电影剧本是短媒介。它们只有 300 页或 2 个小时来塑造一个人物，展示他有过的经历、发生的变化，最后变成一个新的人。这很困难。如何在这么短的时间内做到这些，而且看上去不徐不疾？在这点上表面经历是有效的手段：爱情在一夜之间降临，一个人中了彩票……下面列出七种常见的表面经历（按照它们改变人物生活的速度排序），我们会看到它们能够多么迅速地帮助人物发生变化。

表面经历 1：恋爱

既然作家的任务是创造迅速——而且可信——的人物变化轨迹，那么恋爱就是最强大的工具之一。恋爱可以立刻改变一个人物的生活——同样重要的是，这种改变是以完全可信的方式发生的。一个人物遇见某人，开始约会，他与家人和单身朋友在一起的时间会突然减少。实际上，恋爱会以连他自己都没有意识到的方式影响他的生活。恋爱对他的家庭关系有什么影响？朋友关系呢？他们大部分时间在他家还是她家度过？在新的场所？以新的方式？当然，经历并不一定总是积极的。消极的经历也会发生，甚至具有更大的影响力。他与恋人分手了吗？或是他离了婚？

最重要的是，这种表面经历如何引导一个人走向内心认识的深度经历？通常，伴侣会变得越来越相像。他变得越来越像她了吗？他有了哪些新特点？他的眼界更开阔了吗？人们说我们不会让其他人改变自己，除非我们心里有某些东西在渴望这种改变。他从新女友身上获得了自信心，忽然意识到自己有能力做许多事吗？他基于这种认识采取行动了吗？拒绝所有对他的生活有负面影响的人？或者他因为新恋情失去了信心？她总是贬低他吗？他现在卑躬屈膝，完全没有自信吗？他意识到她的负面影响了吗？她像是他生命中的什么人？母亲？父亲？他总在重复同样的模式吗？他希望挣脱吗？

遗憾的是，通常消极经历更容易让人们反思自己，把他们引向深度经历。当一段关系结束后，他的生命中留下了一个巨大的空洞，反映出如果没有了她，他到底是谁；反映出她如何改变了他；反映出他在本质上是谁；反映出下一次他可能不会改变；反映出对他来说真正重要的东西是什么。对于一些人，消极经历可以转化为积极经历；对于另一些人，他们无法忍受反思和获得领悟，注定会一再重复同样的模式。

恋爱作为重要的表面经历之一，还因为它经常开启另一种重要的表面经历：家庭。

表面经历 2：物质

这种表面经历的强大之处在于它能够在一夜之间发生并立刻改变一个人物。事实上，仅靠获得物质的经历就能够支撑起整部作品。一个人继承了巨额遗产或者中了彩票，他的生活会在一夜之间发生改变（至少在表面上）。现在他可以买房、买车、环游世界——他再也不用工作了！他的日常生活改变了。他可以把时间用在自己想做的事情上。不过不要错误地以为他的内心生活也会改变，悲哀的是，这很少发生。物质方面的成功能否真正改变一个人的生活，取决于他是否把这当成一次内心成长和自我认识的机会。

这种表面经历如何开启深度经历？当然，获得大量的金钱能让人物了解关于周围其他人的许多东西，因为他们都想分得一杯羹。遗憾的是，认识更多地来自物质的丧失。一个人的房屋在大火中付之一炬，或者在股市或赌场赔了一大笔钱，或者输了官司必须支付高额赔偿金，这些事情更可能促使他思考。经过一段时间，他可能发现生活中真正重要的东西是什么。他的生活重心会随之改变吗？他会花更多时间跟家人在一起而不是忙于挣钱？他会捐更多的钱给慈善机构吗？或者他的经历是消极的？他会从此变得冷酷和怨毒吗？

表面经历 3：友谊

友谊可以改变一个人的生活，而且可以很快，尤其是当人们遇到某人便立刻跟他交上朋友时。事实上，有些友谊比家庭关系还重要。在中学阶段，友谊基本上就意味着一切，大学里也差不多。在商界和政界，友谊（以"合同"或"关系"的形式）可以转化为上百万美元。友谊是强大的表面经历，它们可以在任何时间、任何地点以可信的方式发生，并从此改变人物的生活。这个朋友会带来一种积极的影响吗？他鼓励人物开阔眼界，读新的书、听新的音乐吗？或者他会带来一种消极的影响？他让他卷入斗殴、每晚叫他去喝酒、教他脏话连篇吗？

敌人对人物也有重要的影响，并且很容易起作用。如果你的人物第一天进监狱便在无意间得罪了不该得罪的人，他就为自己树立了一个强大的敌人，在整部作品里都不会放过他。一些作品（《保镖》）整体上就是围绕如何抵御敌人展开的。你的人物在与敌人的斗争中了解到关于他自己的什么事？他用了哪些方法来抵抗敌人？他抵抗住了吗？他掌握了以前没有的新力量吗？他树立了什么样的敌人？他总是树敌吗？是他自己的问题吗？或者他是环境的受害者？（后面会具体讨论这个问题。）

同样，加入一个组织——帮派、公司、军队——会在一夜之间改变一个人物。他现在说他们的行话、遵从他们的习俗吗？观察他的变化能给我们巨大的满足感。他是如何改变的？在改变的过程中更好地认识了自己吗？军队给予他内心的力量吗？公司告诉他他是个天生的推销员吗？帮派让他发现自己很能打架吗？他被组织驱逐了吗？为什么？他跟其他成员究竟有什么不同？这如何引导他走向深度经历？如果组织解散了，他会更了解自己吗？会更了解别人吗？最终他的生活会发生什么变化？

表面经历 4：身体状况

身体上的改变是一种强大的表面经历，因为它可以较快发生，每个人都能代入（并且感同身受），附带的好处是还能改变人物的外表，很遗憾，许多人把外表的改变等同于人格的改变。实际上，一个人物的健身或训练经历是许多作品（《洛奇》）的核心。你的人物增加了20磅肌肉？减掉了50磅脂肪？成为了游泳冠军？剃了光头？做了文身？通过这些手段，一个人物可以很快变得（至少在表面上）认不出来。仅靠这个就能给读者（尤其是观众）带来满足感。

疾病也能提供一种迅速、可信的变化轨迹。你的人物可以一开始很健康，被诊断出癌症后很快死去；或者，他也可以从一开始就患有癌症，自强不息，最终痊愈。他可以在一次事故中失去记忆（《关于亨利》）；也可以失去四肢（《生逢七月四日》）。身体上的变化对读者有特殊的影响力。在平庸的作品中，这足以推动故事进展；在好的作品中，这是进一步表现深度经历的手段。他如何了解了自己？他认为自己能够超越身体上的障碍吗？他失去了健全的身体，开始质疑自己究竟是谁吗？

表面经历 5：知识

获取知识是一种高尚的努力，至少在表面上能够提供人物经历的基础。在《铁腕校长》这样的作品中，为了获得知识而展开的斗争支撑着作品；在《抉择》中，信奉犹太教的男孩获得的世俗知识是危险和不被认可的，这成为促使他怀疑自己族群的催化剂——最终导致了他的离开。一个人物可以接受正规教育、学习一种新语言或者一项特殊技能（水管工、电工、程序员）。学习知识的经历是独一无二的，因为它可以成为大多数其他表面经历的补充——例如，一个通过学习获取法律学位的人也会获得相应的物质回报，因为他最终会找到报酬更高的工作。

遗憾的是，知识或教育经常与启迪、智慧或认识相混淆。一个人可以头脑里装满全世界所有的知识，对自己或他人却一无所知。哈佛大学的教授拥有过人的知识，却不一定是个圣人，也不一定了解自己和他人。相反，只受过小学教育的禅宗大师可以教给人的东西却比任何人都多。事实上，对外部知识的热心追求经常妨碍了人们对内心认识的更艰难的探索。

表面经历6：名望

在公司中升职经常意味着加薪（物质回报），但同时也意味着个人地位或名望的提升。如果报纸要报道一个经理的升职，不会大书特书他的薪水增加了多少，而是会介绍他的职位或名望的提升。物质几乎可以来自任何来源，但名望是一种集体认知，来源有限，通常很难取得。名望通常意味着承认一个人有支配他人的力量，这是力量的最高形式。

对于一个人在公司、军队、政坛、社会组织或其他许多领域的升迁，情况都是如此。一般来说，这样的经历有着重要的价值，因为它漫长、缓慢，而且来之不易。事实上，如果一个人以某种方式到达了顶峰而没有经过这样的过程，那么他得到的反应通常是怀疑和怨恨，试想公司董事长的儿子只工作了一年就当上副总裁的情形。升迁的过程是人们感到骄傲的经历；许多人很高兴在基层奋斗多年，因为以后吹牛的时候就可以说，为了达到现在的位置他们曾经付出过多么持久和艰苦的努力。

获得名望能够引导一个人走向自我认识的深度经历吗？这值得怀疑。一个中层经理很少放下手头的事，回想他还是一个仓库管理员的日子；CEO很少回想自己当副总裁的日子。对于大部分人来说，名望太虚幻了，经不起停下来思考它到底是个什么东西；他们宁愿忘记过去的日子，只关心现在的自己。

但是，失去地位或名望更容易引起自我认识。被架高的危险之处在于人们创造了被架高的形象。人们天生需要榜样，他们需要认为对他们发号施令的人比自己强，否则就无法解释为什么他们要甘心听命了。他们会把想象的完美形象加在那个人身上，对待他的态度好像他真的有那么了不起。如果有足够多的人在足够久的时间里这样做，被架高者会开始信以为真。当他轰然倒下时，他要经历艰难的认识过程。他会被迫认识到自己的真正身份跟那个暂时的、被架高的位置并不是一回事。他会认识到沉迷于名望带来的骄傲与虚荣的危险性,从而回过头来寻找真实的自我。结果他会发生什么变化?他会怎样重新开始生活?

表面经历7:家庭

一个在作品开头没有孩子,作品结束时有了三个孩子的人物(至少在表面上)会是完全不同的另一个人;一个人物有了兄弟(亲兄弟,或妻子的兄弟)、姐妹、叔父、表兄弟,都是如此。尽管家庭看上去是世界上最永恒不变的东西,事实上却经常变化。家庭中总是有出生、死亡、结婚、离婚。一个人物可能有一个大家庭,最初所有时间都跟家人度过,最后却再也不跟他们来往。他可能是被逐出家门的,也可能是被他妻子带走的。

家庭是最关键的表面经历之一,因为它最有助于开启自我认识的深度经历。在大多数情况下,一个人并不容易从家庭中逃离,而且如果他要跟特定的家庭成员共同生活,就必须深入观察并认识自己和他人。家庭本身经常被错误地当成一种深度经历。实际上,人们经常这样说,因为它是一种一生都要背负的巨大责任,一种高尚的、令人满意的努力,感觉跟一次深度经历差不多。但它不是。这在空巢家庭中表现得最明显,父母倾尽心血抚养子女,当他们长大去上大学,家里忽然空了下来。他们第一次认识到,他们一直把孩子作为逃避真实内心世界的借口。孩子们搬走了,生活还要继续,他们发现自己要从零开始。

家庭不是一种深度经历,而是一种表面经历。认识才是深度经历。空巢老人要么找到一种新的分散注意力的方式,要么开始寻找自我。对许多人来说,这个时间刚好和退休重合,另外一种表面经历的结束也要求他们寻找自我——尤其是在这时候组建一个新家庭或者寻找一份新工作的可能性已经不大了。对于一些人,寻找自我——他们一辈子都在逃避的事——是无法忍受的,他们宁愿死。许多疾病和死亡跟生活中的这些事件相伴,这并非巧合。

经历和环境

假设你的人物回到家,发现他的房子在一场大火中化为灰烬,或者在地震中失去了所有的家人。他的生活顷刻间天翻地覆,但是我们能把这称为一种经历吗?有人可能会把这划分为物质或家庭方面的消极的表面经历。但是实际上,一个人的经历和一个人作为环境的受害者是有区别的,在这些情况下更应该区分二者。

如果这些悲剧事件的结果是使你的人物陷入反思,深刻地认识自己和他人——例如,他根本不需要所有那些财产,或者他从来没有告诉父亲他有多爱他——然后生活发生了改变,是的,你的人物有所经历。但是如果他没有呢?如果他径直走开,没有落泪,一秒钟也没多想,就回到原来的生活中去呢?那样的话,即使他的生活发生了改变,我们也不能认为他有所经历。

外部环境会如何影响或者开启一段经历?在上面的例子中,人物失去了房屋或家庭,这肯定会激发某些东西。但是通常情况没有这么极端。或许你的人物从来没有表现出宗教冲动,但是有一天去了以色列,深受触动,从此开始信教。当人物与其他人发生交集时也会发生这样的事。假设人物 A 是个白人至上主义者,不得不跟人物 B,一个黑人学者同住。由于这种环境,或许 A 跟 B 成为了朋友,学会了容忍,甚至敬佩黑人,最后完全变了一个人。在这种情况下,外部环境迫使人物 A 经历了内心的变化,而如果没有这样的环境他不可能做到。

在宗教层面上,基督教认为上帝是公正的,凡事都有原因,即使有时候我们看不出来。佛教的因果论认为宇宙是公平的,要真正理解因果、对错的概念必须在过去、现在和未来的三世中考量。以这种角度来看,看似偶然的、无意义的、不公平的事件——比如在地震中失去家人——可以变成公平的;或许在另外一世中,这个人物把别人的家庭投入了火坑。从这些观点看来,在某种层面上,不存在偶然的环境的受害者：你的人物要为他生命中发生的一切负责，无论是他自己引起的事件，还是事件找上了他。

特定目标

在上述所有经历中，人物在出发之前设定一个特定目标是有帮助的。在一些情况下，人物无意中堕入爱河，或者母亲又给他生了一个小弟弟，他的经历并没有目标。但是在其他情况下，目标可以是有驱动力的，能够提供结构和方向。例如，对于恋爱，让我们假设他心里有一个特别的女孩；对于身体状况，让我们假设他想减肥到 150 磅；对于知识，假设他想上完大学；对于名望，假设他想当上 CEO；对于物质，假设他希望银行账户上有 100 万美元，想买下某所房子、某辆汽车。

一旦开始思考目标，你会发现人物还可以拥有许多其他更抽象的经历。比如原则之旅、复仇之旅、正义之旅。

目的地

许多作家知道他们的作品应该如何开始，但是有些人不知道它应该如何结束。少数作家先写最后一幕，有些作家从后往前倒着写，但是对于大多数作家，这种方法令他们心力交瘁。许多作家只是有一个关于开场或者关于人物的好创意，希望作品能够由此展开。这不就是他们应该做的吗？作品不就应该围绕一个人物展开吗？强迫人物按照预设的路径前进，不惜任何代价把人物塞进预设的结局，不是错误的吗？

答案既是肯定的又是否定的。诚然，作品应该围绕一个人物展开，但是与此同时，如果这个人物不知道要到哪里去、漫无目的地四处游荡，如果作品什么东西也没建立、什么结论也没得出，这也会把作家置于危险的境地，那么作家应该选择哪条道路呢？正如所罗门王在 4 000 年前说的，答案在于适度。你不应该不惜任何代价把人物塞入预设的结局；但是同时也不应该让他漫无目的地乱跑。目的地可以是模糊的。它可以变化。许多作家害怕预设结局会束缚他们。相反,恰恰因为有了结局,人物才能在结局规定的范围内更有创造性。这就像让你的人物登上一列开往加利福尼亚的火车。如果他决定在亚利桑那下车,没问题。如果他决定在那里定居,再也不回到火车上了,也没问题。但是如果他一开始不登上开往加利福尼亚的火车,他就不会知道亚利桑那的任何事——如果他心里没有一个目的地的话。

如果你告诉一个演员只管上台即兴表演,没有规则,没有指导,他很可能不知所措。但是如果你告诉他表演时间只有三分钟而且结束之前他必须偷到某件东西,他会毫不迟疑地投入工作,很可能表现得才华横溢。几乎总是如此,规则越多,结构越多,即兴创作的效果越好——他受到的限制越多,需要担心的其他东西就越少,越能专注于表演时刻。实际上,大部分人都没有意识到,即兴表演的结构是严格受限的。演员通常受到严格的规定——他们是谁、在哪里、在做什么事、如何开始以及如何结束。

你创作的人物也是如此。当你心里有一个目的地,就不必再担心他最后要到哪儿去,而是应该把更多的精力投入到他怎样创造性地到达那里。经历会变得更丰富。知道结果会怎样,你可以开始自由发挥,或许以一种意料之外的路径到达目的地。

如果为作品确定一个最终目的地太令人望而生畏,你可以把作品分解为几个更小的目的地以便入手。你可以计划一系列迷你经历。你的人物在第4章要到哪儿?在第10章呢?你不一定要以环境的形式决定目的地,你也可以把它想成人物的内心成长。在书的结尾他会有怎样的洞察?事实上,最好是有一个内在目的地与一个外在目的地相互呼应。内在目的地将创造出让人物抵达那里的外部环境。外在目的地将把他置于能否抵达内在目的地的心理节点上(经常不能)。

开头

目的地是重要的。开头也很重要。事实上,在某种意义上关注开头更重要,因为当人们思考经历时会自然而然地想到目的地。开头经常被忽略,或者被认为是理所当然的。

一个强大的开头可以定义整个经历。想象一个想脱离贫民区的人;一个想摆脱债务的人。这些人想的是如何离开他们开始的地方,而很少想到目的地。实际上,许多成功人士——看起来已经"做到了"的人——仍然在为了摆脱他们低微的起点而奋斗:尽管在外部世界中,他们成长阶段的贫穷环境已经不复存在,但是这种环境在他们的内心世界留下的烙印如此之深,仿佛一切就发生在昨天。他们仍然在打一场看不见的战争。

一个强大的开头会使人物的逃离成为必需。事实上,相比一个在中产阶级家庭长大的人物,一个在贫民区长大的人物有一个优势:贫民区孩子知道他必须摆脱什么。他的前程就坚定不移地摆在眼前,他不需要浪费精力担心其他目的地。相反,城市孩子通常对周围的事物比较满意,没有对一个目的地热切的渴望。无限的选择摆在他面前,却没有哪一个是必需的。这制造了一种焦虑,而贫民区孩子对比永远不会理解,会惊得目瞪口呆。除此以外,城市孩子可能被嘲笑拥有一切却一事无成——不像贫民区孩子,一无所有却能做到一切。正如克尔凯郭尔说的,世界上有两种类型的绝望:一种是没有可能性,另一种是有无限的可能性。

一些作品完全围绕着它们的开头。在《逃出亚卡拉》中,我们并不想知道犯人最后有没有住进豪宅——我们只想知道他们是否逃出了一开始的地方。你的人物从哪里开始?在忙碌的工作中?在一个糟糕的社区?在一个孤岛上?

障碍

障碍是作家最有用的工具之一——它们帮助作家延长经历、制造困境、导致冲突以及制造悬念。《夺宝奇兵》,史上票房最高的影片之一,就完全是依靠障碍来延伸剧情的。主人公有一个任务、一个目标,我们看着一个又一个新障碍不断出现,阻止他前进。即使最简单的任务也会因障碍而变得无比复杂。比如说你的人物需要到教室另一边跟他的老师谈话。他前进了几步，他的朋友拦住他问他问题。他回答完了，又继续前进，但是另外三个学生围住老师问老师问题，他只好等着。终于轮到他时，铃声响了，老师跑出了教室。你的人物追到门厅，但是就在他追上老师之前，他在湿地板上滑倒了，摔得不省人事……通过使用障碍，我们把最简单、最无聊的目标变得妙趣横生、充满悬念。

对于每一种类型的经历，你必须考虑什么东西能够阻止你的人物完成经历。什么障碍会挡在他的道路上？什么会妨碍恋情？他没有车，没法带她出去吗？他的父亲反对？什么会阻碍名望的提升？政治对手？敌人在报纸上造谣中伤？什么会阻碍获取物质的经历？当我们的主人公快要还清债务时，又接到预料之外的新账单？什么阻止他把体重减到150磅？在152磅时忽然受伤，卧床期间又长了10磅？他在求学经历中遇到什么障碍？付不起大学的学费？

命运

在一个更深的层面上，我们可以考虑如何将命运或者宿命加入人物的经历。命运与目的地不尽相同。以亚瑟王的传说为例，亚瑟从小就知道他的命运是当国王。这影响着整部作品。我们不知道他将在何时、何地、如何当上国王，也不知道他究竟会是哪里的国王，我们不知道当国王将最终把他引向何处——所以这里没有一个明确的目的地——但是这是他的命运。命运可以增加神秘感和悬疑感，因为我们想知道他到底是怎样、何时当上国王的，现在这个时刻将把他引向国王宝座吗？这个人将成为辅佐他的良师益友吗？这些在我们心里植入了某种东西，让我们的整个阅读过程丰富多彩。这也为作品增加了方向感，最重要的是增加了一种不可避免的感觉。

这就触及了一个更加深刻的问题：有些学派认为在现实生活中，一切都是注定的，也就是说，你的命运在你出生之前就决定好了。这就是为什么通灵者能够知晓你的未来，为什么占星家能够做出准确的预言。相信这种观点的人很多；世界上有数以百万计的人每天查看他们的星运。如果真是这样，我们都只是牵线木偶？自由意志存在吗？我们只是在自由意志的幻觉中采取行动？这会如何影响你的人物和他的经历？

你不需要使用像《麦克白》中的三女巫那么直白的元素来预言人物的未来；不过你可以暗示一种命运的存在。比如说一个人物出生在富裕家庭，是独生子；他的父亲经营着一个商业帝国，所有的迹象都表明，儿子总有一天会继承家族企业。在更加世俗的层面上，这就是他的命运。命运不一定是宏大的。再比如另一个人物，独生子，40多岁，单身，跟80多岁的母亲住在一起，与母亲的关系非常亲密。让我们假设母亲渐渐生活不能自理了。他们没有钱请私人护理。母亲反对去养老院，儿子也是。他们很亲密。你可能会说这个人物的命运就是跟母亲一起生活，照顾她，直到她去世。他未来10年或20年的命运已经被决定了。

正如你看到的，命运的强大之处在于注入一种强烈的方向感和目的感。命运的层次越多，你越能感觉到你的人物在追求什么东西。你也可以逆向思考。他同他的命运抗争吗？商业巨头的儿子花了30年反抗他的父亲和整个商界吗？命运比任何东西的牵引力都强大。你可以打赌儿子的每一次反叛，心里想的都是他父亲的商业帝国，他用反对和不合作来代替投入和努力。即使他从未妥协，你会发现命运一直隐藏在背景中，现在人们对他的评价会是"从未向命运低头"。他能决定自己的命运吗？建立自己的商业帝国，比他父亲的还庞大？

相互依存的经历

在《洛奇》中，洛奇有许多经历，包括身体训练（成为一名更优秀的拳击手）、心理复健（克服自我怀疑，认真对待他可以成为世界重量级冠军的可能性），以及刚刚萌芽的爱情。影片中最打动人的一个段落是当洛奇心灰意冷时，他停止了训练。实际上在这里，他的第二段经历（心理复健）影响了他的第一段经历（身体训练）。我们看到二者是相互依存的。

最后，是他的女朋友让他回心转意了。第三段经历（爱情）影响了前两段。这些经历在恰当的时机平行展开。如果洛奇在作品中更早的地方就灰心丧气——在他遇见女孩之前，或者在他还不了解她时——她就不可能在正确的时机推动其他经历。其他经历尽可能地延伸，当它们进行不下去时，她从它们停止的地方继续下去。它们就像接力赛选手的交接棒一样。最终把故事推向结局的是洛奇的女朋友；没有她，就不再有训练，不再有重量级比赛。所以，当比赛结束，洛奇毫不理会记者们，做的第一件事就是呼唤她，影片的最后一个镜头是他俩在一起，这是再恰当不过的了。《洛奇》归根结底是个爱情故事。

在上述情况下，几段经历是相辅相成的。但是经历之间会彼此冲突吗？一段经历可能成为另一段的阻碍吗？一个人在成为摇滚巨星的经历中同时沾染上了毒品和酒精；一个人在成为影视明星的经历中被名望冲昏了头脑，变成了一个傲慢自大、以自我为中心的人，这些情况一点都不罕见。冲突的经历是强有力的，因为冲突能够帮助开启自我认识的深度经历。人物最终必须认识到，一段积极的经历正把他推向消极的一面。他走到了二者不能共存的点上。他要么远离毒品，做一个谦虚的人，要么继续自我毁灭。

相互依存的经历的一个变体是平行经历。在《莎翁情史》中，有两段同时发生的经历，互相提供养分，最后通往同一个地方。在一段经历中，莎士比亚奋笔疾书，完成他的戏剧；在另一段经历中，他追求女孩。当女孩的爱情给予他创作的灵感，而他的作品令她爱上他时，两段经历交汇到了一起。二者缺一不可。二者相结合，每一段经历都给了我们更强烈的感受。在《回到未来》中，主人公在现在和过去分别经历不同的故事，我们最后发现，二者是相互影响的；这使得作品给人以特殊的满足感。在《黑客帝国》中，如果人物在矩阵外被杀死，他们在矩阵里面也会死；同样，如果人物在矩阵里面没有达成目标，他们在矩阵外也会死。二者互为因果，相互依赖。

开启新纪元的经历

有一个问题，当一段经历结束，读者的感觉就好像旅行结束了，他可以离开了。解决这个问题的方法之一，是让你创造的经历在结束的同时能够自然而然地开启新的经历，就像过山车，看似一头扎下去，到底之后却重新爬上来，甚至爬得更高。

事实上，大部分经历都会开启新的经历。假设人物最终赢得了世界重量级拳击冠军。然后呢？现在他要面临一系列新问题：保住冠军，保持体形，与年龄抗争，不让名誉和胜利冲昏头脑，成为代言人和榜样，学会对要求说"不"，为未来储蓄……这些经历不一定令人兴奋，但它们仍然是经历。

你的目标是创造和终结令人满意的经历，同时它们又激发你创造出更多同样令人兴奋的经历。这就是为什么《洛奇》第一集、《教父》第一集和《星球大战》第一集衍生出了成功的续集：它们本身足以令人满意，同时又为全新的经历留下了空间。这是写作中最难实现的目标之一。就像是看着路的同时还要向上看。

做到这一点的方法之一是让人物经历我们不喜欢的事件。比如说我们看到他成为了最出色的罪犯。我们头脑中的一部分不喜欢这样，因为我们知道这是错的，对他没有好处，但是另一部分——不惜一切代价创造经历的部分——希望看到他竭尽全力，然后走向自己的结局。比如《疤面煞星》中的托尼·蒙大拿，尽管我们知道他的经历是危险的、不计后果的，最后会毁灭他，我们还是想要看他走下去，想知道最后的结局。以一个容易受蛊惑的年轻人为例，假设他被邪教引入歧途。我们看到他被灌输教条、被洗脑，看到他成为邪教领袖。这段经历结束了，而我们感觉它好像没有结束。我们知道这是错误的经历，所以在等待它分崩离析，然后人物重新开始新的经历。

过去的经历

你也应该考虑在作品开始之前你的人物有过哪些经历。比如说一个人物以前是个酗酒者，现在戒酒了。过去的经历创造了一种紧张感——坚持的紧张感。对他可能再度酗酒的担忧挥之不去。古老而熟悉的东西——像老房子、老地方——有着魔术般的吸引力，我们很快就发现，他不再重蹈覆辙本身就是一种经历。在这种情况下，静止就是经历。对于大多数人，静止是无法忍受的。遗憾的是，一个从监狱出来、决定改过自新的黑手党成员最终很可能重新回到老路上。黑手党成员习惯了挥金如土、穷奢极侈、随心所欲，过一种平淡、安静的生活是所有经历中最无法忍受的。

没有经历的人物

作品中的每一个人物都必须有经历吗？一个只出现了三秒钟的管家也需要？如果每个人都在经历不同的事情，我们会不会像站在流沙上？我们不需要一个保持不变的人作为标杆吗？

不是所有人物都需要经历。显然，描绘一个人物的经历需要时间、精力、注意力和宝贵的篇幅，篇幅不可能平等地分配给数目无限的人物——如果这样做，我们连这是谁的故事都搞不清楚了。正如一个读者能够接受的人物数量是有限的，他能够接受的经历数量也是有限的：如果你对他的注意力索取过多，他可能不堪重负，最后对哪段经历也不关心了。而且，经历的数量越少，它们看起来就越重要。与写作中的其他要素一样，经历与上下文有关。如果你的主人公是整个无思想的僵尸世界中唯一觉醒的人，他会得到关注。在某种意义上，一些没有经历的人物是必需的。

从另一个角度来看，每个人，无论多么渺小，都在某个方面有所经历。一个男孩的经历是反抗父母，他的父母同样有经历——无论是变得对男孩更加严厉，还是认识到自己的错误，请求男孩的原谅。无论哪种情况，父母的经历都没有掩盖或减损男孩的经历，而是对它的补充。

一般来说，任何重要人物（记住这里说的重要不一定是由篇幅决定的）都应该有某种经历——积极的或消极的，是其他人经历的补充或障碍，不管是主要的还是次要的、明显的或不明显的。没有经历的只能是不重要的人物，出场很少，或者以集体的名义出现。

其他类型的经历

下一次你看电影时，注意观察剪辑——尤其是每个镜头的时间。你会发现通常开场和介绍性的镜头时间较长——有时候一个镜头长达 10 秒钟或 20 秒钟。但是当这部影片进入动作场景，你会发现镜头切换加快到 1 秒钟一个镜头。剪辑手法暗中对我们施加作用：给影片速度感，告诉我们何时放松，何时紧张，何时安顿下来，何时准备好迎接变化。通过剪辑的方式——以及音乐、照明和一系列我们没有有意识地去注意的其他元素——电影在许多层面上齐头并进。

小说也是如此。一个明显的例子就是一部惯用长句子的作品，忽然间使用了一系列短句。内容没有变；但是我们的阅读体验改变了，这会下意识地影响对内容的理解。

经验最丰富的作家知道这一点，使用文字本身来作为经历的补充。例如，如果一部作品是关于一个人物如何崩溃的，并且以第一人称叙述，你会发现人物叙事的能力也崩溃了。句子变得支离破碎，或者词不达意，或者绕来绕去、长得不可思议。在作品的进展过程中，检查你的句子的长度、段落的长度、章节的长度；检查风格的使用、语言的使用、关键时刻对话的使用（或缺失）。文字跟故事并行不悖吗？二者相辅相成吗？

为什么是经历？

所有这些讨论都指向一个问题，在最深刻的层面上，作为读者和观众，我们究竟为什么需要一种经历？为什么我们渴望——甚至强制要求——我们的人物必须有经历？为什么没有它，我们就不满意、生气，把作品丢到一边？作为作家，如果能够从哲学和心理学层面上理解人类需要，就有可能更好地满足它。有成千上万种可能的答案。下面，我们简单讨论四种最明显的原因：

鼓舞

在某些情况下，我们只是想要受到鼓舞。如果直接告诉我们 A 是一家公司的总裁，这对我们几乎没有影响，因为我们觉得自己永远不可能达到那个位置；但是如果我们看着 A 从底层做起、一步步爬上职位的阶梯、克服逆境——眼看着他的经历——我们能够把他晋升的道路形象化，觉得或许自己也能做到。经历让我们把不可能和可能连接起来，鼓舞我们走上同样的道路。几乎每个人都渴望生活发生某种变化，想要一个例子证明那是可能的。当我们看到洛奇从街头走向成功，我们希望自己也能做到。

净化

古代哲学家提出过一个问题：我们究竟为什么需要艺术？柏拉图的答案是我们不需要。他认为艺术是坏东西，它挑动感情，蒙蔽理智。亚里士多德则相反，认为艺术是必需的。他说，艺术的主要功能是给观众提供心灵净化，使人产生怜悯和恐惧，并释放这两种最低落的情绪。然后观众可以回到日常生活中，感觉自己能够应对任何事。在亚里士多德看来，净化是艺术的真正原因。

如果没有经历，就无法产生这种净化。读者需要经历起起落落，治愈伤痛，欢庆成功；他们需要通过作品，净化他们自己的幻想，准备好回归日常生活。

变化

生活可以通过常规、习惯和责任迅速地束缚我们。想一想，你今天的生活可能与昨天惊人地相似。我们越安于我们的工作、住宅、城市、家庭、朋友，就越难以想象一种不同的生活。更多时候变化与幻想很相似——某些过去发生过，有一天可能还会发生的事。这就是为什么当我们开始一项新工作、住进一所新房子、交上一个新女友的第一周，我们总是兴冲冲的。我们发现变化是可能的。这是一种对自由意志的肯定。

这也是为什么我们喜欢看到人物的经历发展和变化轨迹。当我们看到其他人的变化，我们也会想到这种变化有没有可能发生在自己身上，想到以前没有想过的事。在最深刻的层面上，经历满足了我们对变化的需要，我们用它来分散注意力，逃避我们自己的死亡。

目的

生活中比目的感更令人满足的东西不多。它能让势同水火的敌人并肩战斗；促使人们连续数年每天工作 18 个小时；让一个人用自己生命中的 20 年照顾母亲而毫无怨言。人们希望集结在某个理由的名义之下，希望成为某种建设性事务的一员。一个国家的人民在灾难关头最紧密地团结在一起；如果发生了洪水或火山爆发，全国各地都会施以援手；工人会连续几个月坚守岗位。当一个国家卷入战争，爱国主义情绪也会达到顶峰。有理论指出，纵观人类历史，我们可以发现平均每 30 年爆发一场大战；如果世界静止不动的时间太长，战争一定会在什么地方爆发。在某种意义上，这 30 年可以视为无目的的累积。一旦它达到顶峰，更多的无目的是人类无法忍受的——正如它是单独的个人无法忍受的一样——战争就会爆发。几乎没有什么能够与战争或战后重建的目的感相匹敌。

正如在生活中目的感给予人类最大的满足一样，在作品中，满足感也伴随着经历中固有的目的感。

练 习

经历大纲

对照你在第三章末尾的练习中列出的情景清单，在每一个主要事件或环境下面写下（或画出）每个人物在认识的内心经历中所处的位置。他从头至尾都在进步吗？他的脚步均匀吗？他的认识能够被延长吗？能够被压缩吗？集中在一个事件中，还是分散在三个事件中？谁的变化最大？谁的变化最小？哪个事件应该带来的变化应该增强？哪个事件带来的变化应该减弱？

现在重新审视你的事件和环境清单，这次问问自己：其中有没有任何事件是角色内心认识的产物？纵观整部作品，是事件触发了认识，还是认识触发了事件？作为认识的结果，能不能增加某些事件？这会如何改变作品？

最后，观察每一个认识发生的时刻，问问自己：如果存在导火索，那是什么？是另一个人？一个令人震惊的事件？这些催化剂在作品中发挥了应有的重要作用吗？还是根本没有导火索？认识是累积的吗？

表面经历清单

你在作品中使用了多少表面经历？回忆本章描述的七个类别：恋爱、物质、身体状况、友谊、知识、名望、家庭。所有这些经历他都有吗？为什么有或为什么没有？如果没有，你应该补充它们吗？如果有，它们会不会太多了？每个类别里又有多重经历吗？这些经历相互补充吗？还是相互削弱？什么时候一段经历结束，另一段经历开始？它们相互重叠吗？在作品中的哪个点上？为什么在那里？哪些经历会开启深度经历？所有的，还是一个都没有？为什么是或为什么不？

表面经历的速度

考虑每一段表面经历发生的速度。你的作品主要围绕一段经历展开——比如一个人物晋升为公司总裁——这段经历缓慢地发生，以至贯穿整部作品的始终吗？或者他晋升为总裁只是漫长过程的一个序曲，因此只占了一章？恋爱是在一夜之间发生的吗？还是用了30年的时间才开花结果？你为作品中的每一段经历分配了多少篇幅？一段恋情可以在一夜之间发生，却用300页去描写；或者相反，一段恋情在30年里发生，却只用1页去描写。你需要在哪里加快或放慢节奏？他应该缓慢地积累起财富，还是一夜暴富？他的祖父在经历与癌症漫长、痛苦的斗争之后离开了他，还是由于车祸突然撒手人寰？两种情况分别会对人物造成怎样的影响？

第五章 悬　念

情绪是悬念的基本要素。

——阿尔弗雷德·希区柯克（Alfred Hitchcock）

一个人可以只会写苍白的人物、乏味的经历和老套的情节，但是只要有悬念，读者通常就会坚持看完作品。他们合上书的时候可能会有抱怨和不满，甚至立刻忘记这部作品，但是在阅读的几个小时里，他们被它吸引住了。因为悬念比任何其他元素都更能影响作品即时的阅读体验，它是构成作品的本质，也是对其他元素完美的补偿。

不过，要谨防使用不当，因为悬念本身也只是一种手段。有时作家会为了符合悬念的情景创造人物和环境，而不是由人物和环境自然而然地产生悬念。悬念不应该成为目的，它应该是经历的附属品。但是即使在这样的情况下，悬念的存在仍然是一种成就，昭示着希望，因为它证明作家在写作中更多地考虑了读者而不是他们自己。事实上，如果你观察以现代"文学"名义发表的短篇故事和小说（比如许多创意写作硕士课程教出的作品，主要发表在文学期刊上），可以轻易发现它们大多缺少悬念。这些作家重视现实主义和隐喻，似乎忘记了读者仍然需要悬念，他们不会为了阅读而阅读。许多这类小说（如果出版）的销量只有几千册，与此同时，悬念大师（比如斯蒂芬·金）的作品却能畅销 200 万册。严肃的文学创作和人物塑造并非与悬念互不相容。只有现代"文学"作家才站在这种对立的立场上；看一看梅尔维尔的《白鲸》或康拉德的《黑暗的心脏》，就能知道真正的文学家有多么重视悬念。

是什么驱使我们对《第三帝国的兴亡》手不释卷？随着《闪灵》中的积雪越来越深，是什么让我们的心脏狂跳不止？乍看起来，悬念像一个神秘的、魔法般的元素，但是幸运的是，剖析悬念，我们会发现它有更坚实基础。要定义一个人物的经历，十个读者会有十种不同的观点，但是悬念通常是某种公认的东西。事实上，不喜欢某部电影的观众通常也会承认体验到了其中的悬疑元素。

归根结底，悬念是关于预期的。它与某些我们期待之外的东西、某件还没有发生的事情有关。悬念是观看事件展开的过程：一旦受害者被谋杀，女人接受了求爱，悬念就消失了。但是当受害者被跟踪，女孩被追求，悬念则会若隐若现。简单地说，悬念就是创造和延长预期。

如何制造悬念要复杂得多。悬念由许多层层递进的元素构成。让我们从创造预期开始（如果预期压根不存在，延长从何谈起），先来看12个最明显的步骤。

制造悬念

1. 目标

创造预期的第一步是在人物心里确定一个目标（或目的地）。一个杀手独自坐在房间里，远没有一个杀手追逐受害者来得有悬疑感；一个长跑者在角落里漫无目的地发呆，远没有他去参加马拉松比赛来得富有悬念。杀手和长跑者需要目标。一旦他们拥有了目标，我们便会忽然间想知道他们能否实现目标。预期就随之诞生了。

2. 提高筹码

目标是重要的第一步。一个人出门扔垃圾也算是目标，但是这并不构成让我们心跳加速的悬念。制造悬念的方法之一是提高筹码。让我们假设清洁工每周来收一次垃圾，现在他正在门外按门铃，我们的主人公已经连续三个星期错过扔垃圾的时间了，他狭小的门厅里堆满了散发出恶臭的垃圾,如果这次他再错过这个机会,他的女房东就要赶他出门了。垃圾车已经发动了引擎,马上就要开走了。现在筹码提高了,我们的主人公出门扔垃圾这件事忽然间有了悬念。

所以,提高目标的重要性是提高筹码的一种方法。这不像听上去那么容易,因为我们必须记住,重要性是相对的。以一份出版合约为例。人物 A 一生都在梦想着出版自己的第一本书,对他来说,一份出版合约就意味着一切,能够赋予他的人生以意义。人物 B 是一个职业作家,已经出版了 50 本书,一年签两份出版合约,对他来说,获得一份新的合约只是稀松平常的事。同样,如果一个亿万富翁获得了一份 100 万美元的出版合约,对他来说简直微不足道;然而对一个挣扎在最低工资线上的饥饿的艺术家而言,获得 5 000 美元的出版合约就意味着一切。"重要性"是相对的。

所以,要考虑目标对你的人物的重要性。通过这种方法,看似平凡的目标可能变得非常重要,从而制造出悬念。他有多渴望它?他渴望它多久了?比如一个瘫痪的患者 10 年来一直在努力移动他的手指。第一次,他能够让它移动一英寸了。我们的心脏因此而剧烈跳动,尽管这对于其他人来说根本算不了什么。

考虑一个人物的目标对其他人的重要性,同样也能够提高筹码。让我们再看看那个为垂危病人运送血袋的快递员。对于快递员本身,这件事本身没有特殊的重要性;但是对于接收血袋的人,这是生死攸关的大事。因此,对于这个快递员(如果他跟大多数人一样),运送血袋的任务也变得非常重要——我们经常把别人的事情看得比自己的还重要。

3. 危险

危险是增加悬念的一种有效方法。假设一个人物的目标是游过一条河。接下来让我们加重筹码:如果他过不去,就无法跟他的同伴们一起旅行了。这个场景的悬念程度是中等的。现在让我们改变场景,假设河里有许多饥饿的鳄鱼和危险的旋涡,尝试过河的人

90%都失败了,他身后有一支军队正在追赶他,如果他不试着过河就会被枪毙。我们通过加大危险增加了悬念。

不过要记住,危险也是相对的。例如,假设两个人物被扔到了水里,A会游泳而B不会,这个场景只对B是危险的。《超人》是危险(同理也是悬念)相对性的范例。当超人置身于一些对其他人而言危险的境地,比如建筑物倒塌,我们就不会为他感到恐惧,因为我们知道这不会伤害到他;但是当他靠近氪石,我们会为他感到非常恐惧,尽管当其他人面临这样的情景时并不会令我们恐惧。作家需要氪石,因为如果没有它,超人就永远不会遭遇危险,故事整体的悬念将大打折扣。所以,危险必须是针对你的人物个人的危险。

当其他人物处于危险中时,也能制造悬念——尤其是在你的人物需要努力解救他们脱险的时候。悬念不一定来自我们对其他人的关心,而是来自我们的人物卷入了一个紧急的、高风险的迫切目标,关系到某些他所(理论上应该)关心的,或者某些可能给他带来危险的东西。如果你的人物在街上撞见一个人在挨打,他决心要打抱不平,那么悬念就会产生。不过,悬念本来还可以更强,因为我们不知道挨打的陌生人是什么样的人,也许他活该挨打,也许是他挑起争斗的,或者他可能恩将仇报。另一方面,如果你的人物看到挨打的是他的兄弟,悬念一下子就更强烈了。现在他不可能掉头走开,因为这与他有关。

也要记住,有许多不同类型的危险。有性方面的危险(一个漂亮女人走到一个危险的街区,我们不担心她会挨打——我们担心她会受到性侵犯);医学方面的危险(一种疾病或传染病,像《恐怖地带》中那样蔓延);感情或心理方面的危险(比如一个孩子受到虐待);精神方面的危险(如果一个人物被卷入杀手的世界,他自己正在成为其中一员)。

如果你的人物对别人构成危险,也会产生悬念。在这种情况下,会制造不间断的紧张感,因为无论他走到哪儿,我们都担心他会袭击人。这种悬念可以跟随一个杀手的脚步漫延到小镇的主要街道,透过他的视角观察放学回家的孩子们。我们知道他能够做什么。同样，当我们的人物对他自己构成危险时，也会产生悬念。他可能不计后果——在高速公路上醉驾，不避让对面驶来的车——甚至可能有自杀倾向。这样一个人物既是制造悬念的主体，也是悬念的对象。

最后，我们必须记住危险完全是观念上的。让我们感受到危险，它不一定要真实存在于现实世界中——它只需要存在于人物的头脑中。比如一个偏执狂相信有人在追他，于是开始逃跑。尽管实际上并没有人在追他，我们还是能够从他身上感受到悬念。

4. 滴答作响的时钟

加入时间限制对于制造悬念大有帮助。一个学生参加一次考试，如果想什么时候交卷就什么时候交卷，显然不像必须在 60 秒之内作答那么有悬念。时钟可以用在特定场景中——比如教室——也可以用于整部作品的框架结构。一些作品——尤其是动作惊悚类作品——完全靠这种手法推进。24 小时之内救出总统（《纽约大逃亡》）；48 小时之内找到罪犯（《48 小时》）；30 天之内花光所有的钱（《酿酒师的百万横财》），等等。

滴答作响的时钟不一定是字面意义上的真正的钟。纵观你的作品，问问自己，时间到底经过了几天、几星期或者几个月，这样做会大有裨益。许多作家没有掌握时间线，我的经验是，如果你问大部分作家他们的作品到底经过了多少时间，他们都回答不上来。如果时间不是作品中的主要因素，就更是如此。为什么你的作品经过了三个月的时间，而不是三个星期？为什么是三个星期而不是三天？信不信由你，大部分作品中的故事本来可以发生在更短的时间内。通过这个过程，你可以为作品注入一种紧迫感。这可以在原本没有悬念的地方创造出悬念。

即使你决定不引入时间压力，了解作品经过的确切时间和你如何利用它也大有裨益。这将帮助你了解你给每个事件分配了多少时间，多数情况下能够帮助你改善时间分配。你也能够借此了解到需要做哪些安排来配合时间的流动。例如，知道某个事件将发生在一个特定的星期五，你可以让你的人物早早结束那天的工作；知道某个特定事件发生在夏天，你可以让你的人物因为空调噪音而没听到手机铃声。这些小细节能使作品更真实、更生动。

时钟本身并不能增加悬念——悬念完全取决于你如何使用时钟。如果人物从来不看表，滴答作响的时钟是没有用的；但是如果他的眼睛紧盯着表针的每一次移动，时钟就扮演了重要的角色。在《孽欲杀人夜》中，从第一幕场景开始我们就被给予了时间限制：侦探必须在满月之前的三个星期之内抓到凶手。从电影的第一分钟起，压力就无处不在。作家没有满足于此，许多场景中还附加有时间限制，例如侦察小组必须在报纸印刷之前的 25 分钟内解开一则复杂的谜语。在每一个场景中推动我们的都是时间压力，更大的时间压力在整部作品的层面上推动我们，并赋予作品以方向。

你的篇幅分配同样重要。根据经验，当你想要赋予一个关键场景最强烈的悬念时，放慢你的节奏，让场景经过的时间几乎等同于真实时长。例如，如果一枚炸弹将在 5 秒钟后爆炸，电影也可以实际倒数 5 秒钟。

5. 无能为力

最有效地制造悬念的方法之一是让人物有一个重要的目标，却无法采取行动。停车场里，一名杀手向女孩走去。女孩拼命转动钥匙，却怎么也打不开车门。杀手越走越近。我们的心开始狂跳。或者一个女孩在人群中认出了伤害她的强奸犯，想要告诉其他人，却怎么也发不出声音来。《后窗》中最后一幕的悬念来自主人公的断腿；他听到嫌犯正在向他接近，却哪里也去不了。如果他能够从防火梯逃走，悬念就不存在了。

人物想要帮助其他人却无能为力，不得不无助地看着危险接近，这也能制造悬念。一个人坐在船上，看着 50 码外他最好的朋友拼命游泳，想要逃脱鲨鱼的追击。或者人物采取了行动，却从一开始就注定是没有希望的，比如《宠物公墓》中，母亲奔向飞驰而来的卡车，想从车轮下拯救她的孩子，但是我们知道她来不及了。在《死亡地带》中，这条法则构成了整部作品的核心，主人公能够预见未来，却无法让任何人相信他。

一个人物也可以无法采取智力上、心理上或精神上的行动。例如，一个人正要打开保险箱，却突然忘记了密码：他的思维陷入了停滞。或者他不太聪明，被一个势利小人狡猾地算计了，却无法作出回应（比如安东尼·霍普金斯主演的《去日留痕》中，一幕主要场景的悬念就属于这种）。在心理方面，一位母亲面对陷入重度抑郁的儿子却无法帮助他，不得不看着他日渐消沉，最后结束了自己的生命。精神方面，一位神父安慰一个因为儿子的夭折而悲痛不已的女人，却无法给予她心灵上的平静。在所有这些情况下，悬念都是痛苦的，因为我们希望我们的人物采取行动，他们却无能为力。

6. 未知

假设一个人物必须走进一间地下室。在场景 1 中，有人告诉他当他走到第三级台阶时会有人抓住他的腿。我们的人物打开灯，下楼梯，看到那个人过来，然后在第三级台阶上抓住了他的腿。每件事都按照计划发生，这里没有悬念。在场景 2 中，我们的人物只知道地下室里有什么东西，可怕的东西。他必须在一片漆黑中下楼。他不知道会发生什么事，战战兢兢地摸索着前进。突然，有东西抓住了他的腿。他肯定会惊声尖叫起来。观众也是。实际上，这两种场景是完全相同的。但是场景 2 有悬念，而场景 1 没有。为什么？

没有比未知更恐怖的东西了。只要我们知道将要面对的是什么，我们几乎可以忍受任何形式的折磨。但是让我们待在黑暗中，给我们时间去尽情想象各种可能性，悬念将变得无法忍受。专家说这就是压力的真面目——对糟糕情景的预期。他们指出当我们实际经历糟糕的情景——比如说一场车祸——我们的压力等级会降到零。真正造成压力的不是实际发生的情景，而是未知。

恐怖类题材的作品最擅长运用未知——实际上，这是许多外星人题材电影的核心。外星人是友善的还是危险的？他们的人数有多少？并不奇怪，电影史上最卖座的 10 部影片中，有 7 部里面有外星生命。

未知是超自然因素作品的中心。比如《鬼哭神嚎》、《驱魔人》和《鬼驱人》。超自然因素永远是未知的，我们永远不了解我们面对的是什么，甚至不知道人类何时触发了那种力量。比如《凶火》、《死亡地带》和《魔女嘉莉》。在所有这些作品中，即使拥有超自然力量的人自己对它本身也知之甚少，从而放大了其神秘性。

未知不一定是非常戏剧性的；即使在我们的日常生活中它也有助于制造悬念。比如一个人第一天到新学校上学。当他走过走廊，看到陌生的脸孔，我们感同身受。他会遇到什么？此刻的悬念是最大的——一切都还是未知。一旦他熟悉了学校——同学、老师、教学楼——悬念就消失了。

未知也可以让场景充满悬念。可怕的不是鬼屋或墓地本身，而是不知道里面有什么。

7. 爱情的张力

一个著名的电影制片人曾说："拍电影只需要一个女孩和一把枪。"试着想象剔除了爱情元素的《绿宝石》。它会变得不完整、不立体。作品中大部分时间，紧张的动作场面让我们几乎从椅子上跳起来，但是作者也知道，要让动作场面达到最佳效果，需要停顿，给观众放松的机会。他没有让停顿的时间空载，而是用它来增加悬念——只不过通过另一种方式。迈克尔·道格拉斯不再需要穿越致命的丛林，而是必须面对一种更加艰难的考验：爱情。

爱情的张力可以制造最强烈的悬念。它可以支撑整部作品，而不需要太多补充。但是只有爱情是不够的。事实上，许多作家都犯了这个错误，以为有了开花结果的恋情，他们的任务就完成了；这就是为什么我们看到了那么多陈腐、呆板的爱情故事的原因。这些作家忘记了最初需要爱情的原因：制造悬念。

如何利用爱情制造悬念？有数不清的可能性。禁忌之爱是最有效的方法之一：追求一个已婚女人能够比追求一个单身女人制造更多的悬念；一对恋人不顾家庭的反对走到一起（《罗密欧与朱丽叶》）；乱伦通常太过敏感，一般作家难以驾驭，但是它能够制造最强烈的悬念。发生在处于权威和从属关系的两人之间的爱情通常能够制造悬念——老师和学生（《偷窥课程》），老板和助理。还有危险的伴侣（《本能》）。

记住，最重要的是一旦求爱的过程圆满完成，恋人们幸福地生活在一起，悬念就消失了。因此，要保持悬念，作家必须尽可能延长追求的过程，或者让恋人分手，然后让他们重新在一起。如果他们的世界中一切都很美好，作家则必须想办法搞破坏。一个有效的方法是为他们的爱情制造障碍：或许他们有年龄上的差距（《洛丽塔》），或者地理上的、财富上的、教育上的、地位上的差距（《漂亮女人》）；或许这个女人已经属于另外一个男人了（《莎翁情史》）。在许多古代神话中，英雄必须经历众多试炼——经常是不可能完成的或致命的——才能赢得他渴望的女人。你的人物必须做什么？

8. 戏剧反讽

"戏剧反讽"是指我们作为读者或观众，知道一些人物自己不知道的事——通常是会对他们造成影响的事。一对年轻情侣在海里游泳，他们笑着，互相泼水。远处，一条大鲨鱼正在接近。情侣完全没有意识到危险，继续嬉闹。这时，鲨鱼更近了。这就是戏剧反讽。对于人物来说没有悬念。对于鲨鱼也没有。这是一种特殊的悬念——只为我们设计的悬念。它非常有效。

戏剧反讽很强大，因为它积极地调动了观众，让他们想要出声示警。它也让观众感觉自己掌握了故事的全貌，看到了人物看不到的天使。戏剧反讽可以是我们知道某些全体人物都不知道的信息（如上面的例子），也可以是我们知道某些只有一个人物不知道的信息。例如，以那个为垂危病人运送血袋的快递员为例，改变一下设定，让快递员不知道包裹里面是什么，他以为只是在运送文件。结果，他在街上不紧不慢地闲逛，浏览橱窗。与此同时，我们知道等待收件的病人只能活几个小时了。

再来看另外一个情景，我们的主人公与女朋友共进晚餐。这里没有固有的悬念。现在让我们做一点改变，我们知道女孩怀孕了而他还不知道，我们知道她准备在晚餐时告诉他这个消息。现在悬念产生了，我们期待那个时刻的到来。让我们再做一点改变，我们知道他准备在这次晚餐中提出分手，但是她毫不知情。现在每一句话、每一个手势都充满了悬念。一个优秀的作家会把这一幕尽可能延长；他会让晚餐充满错误的开始、暗示、干扰、分心和沉默。他会为了悬念而折磨我们。他玩得起。这是一种强大的设定——因为戏剧反讽——他会从中汲取可能得到的一切。

戏剧反讽也可以用来把我们代入一个人物的视角。在第一种情景下，当我们只知道女孩准备告诉他的事，我们是同情她的，因为我们知道她在等待机会。每一次她欲言又止或者被打断话头，我们都替她着急。在第二种情景下，知道两个人分别想要告诉对方的事，我们的同情发生了变化，在这种情况下我们可能更同情男孩，因为他是打算说坏消息的人（假设她认为怀孕是好消息）。如果我们再次改变情景，假设我们知道餐馆的人计划毒死他们俩，我们就会把他们两人作为一个整体来同情，而不是单独的个人。视角是和戏剧反讽相伴随的。

戏剧反讽也可以用于在喜剧中制造悬念——实际上它是大部分由错误构成的喜剧的支柱。戏剧反讽本身推动了人气电视剧《三人行》的剧情，房东相信主角是同性恋，我们知道他不是（但是不得不假装，以便保住跟两个女孩合租的公寓）。当我们看到房东向他大谈特谈"男人的"话题时，便制造出爆笑的效果。

9. 生活在未来

我们很少活在当下。相反，我们花了太多时间担心一个小时以后的事、今晚的事、明天的事、下周的事、下个夏天的事——换句话说，我们生活在未来。我们总是预期。既然制造悬念就是制造预期，为什么不利用预期本身呢？

一种增加悬念的简单方法是延长一个人物预期某件事情的时间。如果一个人物即将登台进行生命中最重要的演出，但是事先根本没有考虑过这件事，我们不会为他感到紧张。然而，如果一个人物在100页里为拜见女朋友的父母而焦躁不安，当他终于走上她家门口的人行道时，我们的心也会怦怦直跳——不为别的，只为他期待这件事情太久了。

许多作家很少花时间表现他们的人物怎样为未来出神，或者从来不表现。实际上，这可以是任何人物性格的主要方面——甚至可以推动整部作品。在《醋海风波》中，作品的主体就是达德利·摩尔的白日梦，他准备委托一名杀手，连最细枝末节的地方都计划好了。在他的梦中，一切完美无缺。最后，当他终于开始执行计划时，我们的心因悬念而跳动。在这个例子中，预期最后被用来制造喜剧效果，因为每一个细节都跟计划大相径庭。这就是为什么我们喜欢抢劫题材的电影——我们喜欢看着劫匪制订周密的计划，然后等着看它是否奏效。说来奇怪，如果一切进展顺利，就没什么悬念了；在某种意义上，我们希望事情出错。因为这给了读者看到预期与现实之间差距的享受。在现实生活中，我们花了太多时间来预期那些永远不会发生的事，制订不会奏效的计划。看到别人也是这样，会让我们感到安慰。俗话说得好："人类一思考，上帝就发笑。"

也要记住，作品中的时间不同于真实时间。一个人物花了三年时间预期某事，但是如果他的预期只用了一页来描写，我们不会有强烈的感受；相反，他可能只预期了几个小时，但是如果作家就此描写了100页，我们的感受会很强烈。

10. 悬而未决

大部分作品包含许多次要情节。读者不可避免地更喜欢其中一些支线，当你强迫他们转向另一条支线时，你就冒着失去他们的风险，因为你实际上是在要求他们重新开始。一种解决方法是利用悬而未决的情节，即在关键时刻结束一条支线，让读者的心悬在半空。这样，读者在阅读其他支线时就能始终保持着悬念，总在等待着回到这条支线上来。这是肥皂剧最喜欢的一种窍门。

悬而未决也可以用在一部作品的结尾，让我们期待续集；《汉尼拔》获得高额票房的部分原因就在于《沉默的羔羊》以杀手逍遥法外的结局告终；同样的原因让《月光光心慌慌》衍生出 7 部续集（还在增加），《13 号星期五》的续集更多。当然，要写出伟大的作品，你必须谨慎地把握好分寸：如果你在结尾留下了悬念，也会引发读者的不满，他们会因看穿你的小把戏并因此怨恨你——或许足以使他们放弃下一部续集。挑战在于既要圆满地解决故事，给读者 95% 的满足感，又要留下一点悬而未决的尾巴，留下某种导致 5% 的不满足的元素——足够促使读者打开下一本书。

悬而未决也可以用在独立的场景中。比如一个人兴奋地回到家，热切地想要告诉他的妻子一条工作上的大新闻。他们坐下来，他刚要开口，门铃响了。来人是他失散多年的姐姐。他们完全忘了刚才的事，只顾上请她进屋，接下来是漫长的晚餐场景。帮助推动这个晚餐场景的是之前悬而未决的场景（他的大新闻），以及我们迫切需要得到解答的心情。事实上，可以制造不同层次的悬而未决——或许他的妻子也有一条重要消息要告诉他。或许他们的电话答录机有 16 条留言，而他们一直没有机会听，他们知道其中还有更多的好消息……有了这么多没有着落的事情，读者对晚餐的过程会更加投入——当然，除非没有着落的事情太多了，让他们感到挫败，干脆放弃整个作品。

11. 秘密

如果使用得当，秘密足以制造推动整部作品的悬念。侦探小说就依赖秘密而生。谁是凶手？管家没有告诉我们的事情是什么？肥皂剧也是。谁是她的情人？她没有告诉他的事情是什么？在《北非谍影》中，伊尔莎没有告诉里克的秘密从头至尾构成了影片的悬念；在《精神病患者》中，关于诺曼·贝茨母亲的真相直到倒数第二幕才揭晓。如果我们一开始就知道真相，影片绝不会像现在这么令人难忘——或充满悬疑。在《北非谍影》中，如果伊尔莎一开始就告诉里克她的秘密，这些人物将寸步难行。

要用秘密来制造悬疑效果，就必须知道秘密的存在；模糊的片段暗示了诺曼·贝茨母亲的存在；伊尔莎直接承认她有一些事情没有告诉里克；在侦探小说中，我们知道在各种人物轮番登场的过程中有人有所隐瞒。意识到秘密并不能带来悬念，悬念来自知道有秘密存在却不知道答案。秘密越重要，悬念越强。读者越接近答案，他们越迫切地想要知道它。

不过，你必须小心，因为秘密是非常明显的手段，如果过度使用或者用得不够巧妙，会显得卖弄和做作。遗憾的是，秘密也经常被当成弥补其他悬念不足的手段。秘密可以作为其他层面上悬念的补充，而不应该独自承担重任。

12. 人物

你塑造的人物类型可能帮助制造悬念，也可能妨碍悬念。例如，恐怖片需要人物足够愚蠢，走进一间刚刚被歹徒占领的房屋，还偏偏要独自进行探索。我们知道（每个人都知道）歹徒就在拐角处等着，我们会为人物的愚蠢扼腕叹息。但是当他蹑手蹑脚地走过门厅时，我们还是感到紧张。要是人物注意到门半敞着，于是立刻做出理智的决定跑去报警，也就没有悬念可言了。

你的人物可以是英雄，让他站在一座着火的房子前，紧张感就产生了，因为我们知道他会冲进去搜寻幸存者。或者你的人物患有幽闭恐惧症，只要待在狭小空间里就会崩溃，安排他到一幢办公楼的 53 层参加一个重要的商业会议，因此他不得不乘电梯。或者你的人物喜欢打架，而且很爱护他的妹妹。如果让他知道他的妹妹刚刚被人打了，我们的心就会狂跳起来，因为我们知道根据他的性格他会怎样做（《教父》中的索尼）。简单的人物性格有助于为普通的场景增加悬念，反过来场景又刻画了人物性格。

同样，不了解我们的人物也可以制造悬念。你可以故意引入一些不可预见的元素，让他有一种神秘感。这样，了解人物成了对读者的一种奖励，更重要的是，它制造了悬念，因为我们不知道他会作何反应。这就像看到两条狗在街上相遇：它们可能喜欢彼此——也可能互相咬起来。

假设我们的人物是一个冷静的、讨人喜欢的人，但是跟专权独断的人处不好，有时候会控制不住自己的脾气。他的老板把他叫到办公室里，开始批评他，然后命令他做这做那。考虑到我们的人物的性格，悬念开始累积。他会爆发吗？《闪灵》的悬疑元素之一就是我们知道在过去，杰克·尼克尔森曾经虐待老婆和孩子。随着雪越下越大，压力也不断累积，我们知道他可能再次施暴。

悬念也产生于一个人的经历（在第四章展开讨论）之中。人物实现内心认识与在认识的基础上采取行动之间的矛盾会让我们紧张不安。她决定当他回家时要把他赶出去。他回家了。我们的心跳加速。她会这样做吗？假设她狠不下心来，于是决定明天再把他赶出去。这可以让我们在一段时间内保持紧张。

同样，悬念也可以来自知道一个人物的命运。他会实现它吗？什么时候？怎样做？在每一个转折点上我们都想知道，这是那个决定性的时刻吗？

当然还有其他许多制造悬念的可能性。上述12种方法涵盖了一些主要类别。除了冲突。冲突太重要了，将拿出一章单独介绍（参见第六章），这里不再讨论。

延长悬念

好的作家知道如何制造悬念；最好的作家知道如何延长它。制造有效的悬念并不容易，最好的作家知道一旦悬念存在，他们不应该让它轻易溜走。许多作家艰难地创作出强大的人物、背景或情境，但是他们没有坚持到底，没能进一步发掘它们，这其实是相对简单的任务；制造出悬念的作家经常连把其延长到应有的一半都没能做到。要成为一个好作家，你要能够识别出好点子——即使只是误打误撞——而且能够改变和调整重点，让好点子充分发挥作用，即使这意味着改变你的原始计划。例如，你可能设想一部作品应该有一个快节奏的开场，比如说一个杀手杀死了他的第一个受害者，并以此作为整部作品的序幕。然而，在写作这个场景时，你可能发现它格外富于悬念。大部分作家会死守他们的原始计划；但是更好的作家一旦认识到他们掌握了什么，就会改变计划，顺势而为，即使新的素材最后构成了故事的整个初始部分。

在《后窗》的最后一幕中，当我们的主人公坐在轮椅里，除了无助地等待什么也做不了，希区柯克让杀手的到来缓慢得令人难以忍受，他的足音在楼梯井里回荡。一个平庸的导演会让杀手跑上楼梯，冲进房门。但是希区柯克知道他握着王牌。许多强烈的悬疑因素集中在这里：危险、未知、滴答作响的时钟（警察已经在路上）、人物的无能为力，以及极高的筹码（生死攸关）。为了延长期待，他把杀手的到来拉伸到了电影中的 30 秒。然后他又一次延长了它：让杀手打开房门，但没有进来，而是站在那儿，隐身在阴影中。没有人移动。没有人说话。悬念变得令人无法忍受。期待在场景内得到了延长——实际上，我们从作品一开始就在期待杀手的出现了。

几乎所有的悬疑因素都能被延长。你可以有数不清的方法来延长危险，即使在你觉得不可能的地方：人物刚刚做完一个危险的手术，活了下来，却发生了严重的感染；或者人物刚刚克服了一个危险的障碍，马上又遇到了另一个（《夺宝奇兵》系列电影的核心）。你可以只让你的人物知道他所面对的事物的一部分，只解决鬼屋中的一个谜团，从而延长未知。你可以让你的人物眼看就要接吻了却被打断，从而延长爱情的张力——或者让他们终成眷属之后又分手，这种情况下会制造出他们能否破镜重圆的悬念。如果预期被拉伸得足够长——使用任何一种元素——就会制造出更强烈的期待。

期待是一种格外强大的工具——事实上，它存在于安东尼·罗宾斯的现代自助课程以及古代智慧（佛教）的各种学派的中心。安东尼·罗宾斯说如果你在生活中想要得到什么东西，只是想要是不够的：你必须感到自己应该得到它，并且想象自己拥有它——你必须对它有所期待。佛教则相反，宣称生活中我们的许多忧虑都来自我们期待某物，因此才会不可避免地失望；对于佛教徒，解决办法是放弃期待。谁对谁错并不重要，事实是期待的力量如此强大，能够派生出两种截然相反的学派。让我们看看如何使其服务于我们的目的。

假设你的人物梦想着请一个女孩出去约会。假设他已经想了好几年，策划了每一个细节，想象着他走向她，而她开心地答应了。在想象了这么久之后，这个情景深深地扎根在他的头脑中，如果有一天他终于邀请了她而遭到了拒绝，他会感到震惊——甚至感觉遭到了背叛，好像她改变了心意。但是她没有改变心意——她从一开始就没有决定过。他的预期变成了期待。重要的是无论期待能否实现，这对我们的人物来说都是一个重大时刻。

延长本身是一门艺术。你作品中的每一个悬疑场景都应该被延长，从而让读者整整20分钟坐立不安吗？恐怕也不是。像写作中的其他一切一样，这与情境有关。在一个特定场景中延长悬念，暗示这个场景可能更重要。当你延长悬念，读者会非常重视，期待某些重要的事情发生；如果你让读者看着你的主人公踮着脚尖穿过一所空房子，最后只有一只猫跳到他面前，他们会埋怨你，将来再遇到悬念时便不愿意沉浸其中。不过，如果这个场景只有30秒，他们可能还比较容易原谅。

假设一个人物要参加一次重要的期末考试，假设考试结果会在下个星期一公布，他不能马上知道。现在悬念会持续整个周末，他为自己的未来担心不已。假设星期一他来到学校，却发现因为老师生病了，还要再等三天才能公布结果——预期产生了。再假设星期四结果公布出来了却没有他的成绩，老师一时疏忽，把他的成绩单落在家里了。至此，我们简直想杀了那个老师！这一切都是因为延长了预期。

练 习

加大筹码

列出你作品中全部人物的清单，对每一个人物，问问自己这个人的筹码是什么。你塑造的人物在本质上利益攸关吗？他们是绝望的人物吗？是穷途末路的吗？我们所有人内心都有一些绝望，无论表面看上去多么心满意足。你的人物的绝望来源于什么？你能把它表现出来吗？

检查你作品中的主要事件。赋予你的人物什么样的性格有助于为这些场景增加悬念？或者相反，检查你的人物的性格。哪些主要事件能让这些性格的特点发挥到极致？他的主要目标是什么？如果他不能实现这个目标，会发生什么事？如果他实现了目标会得到什么？这会改变他的一天吗？还是会改变他的整个人生？你如何加大筹码？

悬念评级

你在作品中给予悬念多高的优先级？每个场景中都有悬念吗？还是集中到结尾？或者在开始？对照你的章节目录，按照1～10给每一章的悬念水平打分。一些章节更富悬念吗？为什么是或为什么不？你如何为悬念不足的章节增加悬念？你如何让富于悬念的章节更具悬疑？如果悬念不是普遍存在的，你为什么认为没有它也行？你通过作品的其他方面（人物、对话、行为）过度补偿了吗？如果你的作品悬念不足，找出其中最悬疑的几处地方。你能在它们的基础上加以扩展吗？

延长悬念

对照你的悬念场景清单，问问自己如何延长每一个悬念。作为练习，选择一个悬念场景，把它写到两倍于现在的长度，延长悬疑时刻。如果原来是一页，写到两页。如果原来是两页，写到四页。完成后你可以再作删减。你为了扩充长度增加了什么？

悬而未决

对于你作品中的每一个悬念场景，想办法把它拆分成两个完整的场景。设法以悬而未决的方式结束第一个场景，迫使读者在以后的某个时刻再回到这里来。（现在你把作品中悬念场景的数量增加了一倍。）你能把这个技巧真正用于某一章吗？或者用于作品的结尾？

第六章　冲　突

> 一切冲突，无论是内在的还是外在的，都是与自我的战斗。
> ——弟子丸泰仙（Taisen Deshimaru）

无论我们多么希望忽视它，冲突在我们的日常生活中仍无处不在。"时间冲突"、"利益冲突"……冲突是世间万物与生俱来的特质：大地是天空的对立面，水是陆地的对立面。动物王国在冲突中欣欣向荣，动物们弱肉强食，或者通过战斗争夺同样的食物来源。生活可以被看成一系列选择：我们选择跟谁结婚，选择生几个孩子，选择在哪里生活，选择在哪里工作，选择如何打发时间……我们的选择定义了我们的人生。每一个选择都暗示着一种冲突：如果没有两个（或更多）相互冲突的选项，也就无所谓"选择"了。你今天将要做出的每一个选择背后都有一种冲突：你穿哪件衣服（就不可能穿其他的衣服），你吃哪样东西（就不可能吃其他的东西），你看哪个电视频道（就不可能看其他的频道）……有人付出巨大的努力来避免冲突，不过作为作家，你的任务是拥抱它。

冲突有许多种功能：它要求读者选择立场（决定应该同情谁）；它制造裂痕然后为圆满解决铺平道路；它帮助制造悬念；它让作品具有方向感；它可以出乎意料从而让作品扑朔迷离。冲突可以让我们了解人物：谁发起了冲突？谁推波助澜？谁试图从中斡旋？在《奥赛罗》中，我们对狡诈地制造冲突的伊阿古的了解，与对冲突双方的了解一样多。

有数不清的冲突形式——包括内在的和外在的——以及数不清的制造冲突的方法。让我们来了解 13 种最基本的方法：

1. 人物

如果你选择了正确的人物和情景,冲突会自然而然地发生。你的任务是塑造截然对立的人物并把他们放在一起,当他们相遇时一定会发生冲突。一位将军和一个逃兵在同一个房间里,冲突的可能性很大,一个大屠杀的幸存者和一个前纳粹分子在一起也一样。在《单身公寓》中,一个敏感、有洁癖的怪胎不得不跟一个迟钝的邋遢鬼同居一室;有了这样强有力的设定,挑战不是如何创造悬念——而是如何控制它!

如果你的人物是真实可信的(不是脸谱化的),结果可能是难以预料的。假设一个同性恋自由主义者不得不跟一个异性恋保守主义者同居一室,我们会期待冲突,事实上发生冲突的可能性也很高,这是好事。但是你也可以保留不这样写的权利。在现实生活中,有时候看起来截然相反的人可以成为最好的朋友。或许这两个人物找到了某些共同的基础;或许同性恋自由主义者给他的室友介绍了他漂亮的女性朋友;或许异性恋保守主义者帮助他的室友理财;或许他们都有个专制的父亲;或许他们对音乐、电影、时尚、美食有相同的品位……尽管他们看起来如此不同,却可能相处得非常融洽(参见第三章:实用人物塑造)。

无论在哪种情况下,冲突的可能性都存在。你作品中的每一个人物必须有与所有其他人物发生冲突的可能性,无论这种可能性是否变成现实。即使他们是最好的朋友、是恋人,也是如此——即使他们从来没有发现另一个人身上的冲突点,即使他们从未真正发生冲突。通过这种方式,你至少保留了选择;更重要的是,你为读者创造了另一个层次的悬念,因为他们随时都在等待冲突爆发。即使冲突从未爆发,观看两个可能发生冲突的人如何相处也是一件有意思的事。

检查你的人物特征清单(你在第一章和第二章回答的问题),重新考虑你的人物的种族、政治立场、财富、地位、受教育程度、职业……描绘出他是谁，思考你能创造什么样的环境和其他人物，构成可能与他发生冲突的来源。假设他是一个坚定的民主党人，要跟一个共和党人困在一起？如果他为国税局工作，却不得不跟一个逃税者共度下午？假设他是陆军橄榄球队的队员，却困在一间坐满了对手海军橄榄球队队员的酒吧里？在所有这些情况下，如果有冲突，一定是围绕着人物非常关心的东西。例如，如果陆军和海军橄榄球队队员并没有把自己同球队视为一体，就不会有冲突。如果只有陆军队员在乎，可能会有麻烦；如果双方都在乎，则几乎一定会有麻烦。

当然，没有内在冲突原因的人物可以在环境的作用下发生冲突。两个角斗士必须生死相搏；两个拳击手为了头衔而战。但是如果你依赖环境来制造冲突，最后可能为了弥补单薄的人物塑造而不得不使用极端的环境。二者都是必需的，但是理想状况下，环境会从人物中自然而然地产生，而不是相反。如果你发现自己在本来没有冲突的地方艰难地制造冲突，你应该意识到有什么地方出了问题。这种情况下，有必要回头重新检查你的人物选择（参见第一章和第二章）。

2. 群体

人物群体——特别是为了共同的原因和意识形态结合在一起的群体——与生俱来地会产生冲突。反对枪支母亲协会与美国步枪协会冲突；可口可乐公司与百事可乐公司冲突；血帮（Bloods）与瘸帮（Crips）冲突；天主教徒与犹太教徒冲突。

更有意思的是，群体冲突是如何延伸到个人层面的。如果你是一个忠实的成员，你会把群体的冲突当成你个人的冲突。如果你是血帮的一员，你就不能跟一个瘸帮成员交朋友；如果你在百事公司工作，你就不能边喝可口可乐边走进公司；如果你是民主党委员会主席，你就不能投共和党的票；如果你是一个虔诚的犹太教徒，你就不能参加天主教仪式。当然，这些事情你都可以做，但那是对你的群体的背叛。因此,群体关系带来了冲突,无论是与外部实体的冲突,还是群体内部的冲突。大多数人会选择与外部冲突——即使他们喜欢可口可乐,即使他们宁愿投共和党的票——因为至少这样他们能够保证得到自己群体的继续支持。

作家必须考虑人物成为群体一员的时间长短,群体在他生活中有多重要,他对群体的忠诚度有多高,他对群体在特定事件的立场的认同感有多强。这是真正有意思的地方。如果人物刚刚加入一个群体,他们要求他与家庭断绝关系,他很可能会退出——这时群体在他心中的根基还不够深,而家庭作为冲突的另一方太强大了。但是如果同一个人成为群体(比如光头党)的死忠已经 10 年了,他所有的家庭成员和朋友都是这个群体的成员,他所有的时间都跟他们一起度过,群体给了他生活中的认同感,这时群体再要求他不许跟一个泛泛之交的犹太人来往,那么他很可能遵从群体的意志。

但是如果他面对同等的外部冲突和内部冲突,正如现实生活中经常发生的那样,又会怎么样呢?假设他已经当了 20 年警察,他所有的朋友都是警察,他大部分时间都跟他们在一起,自认为是他们的一员——但是他忽然发现他们有不法行为,想要强烈反对他们的行为。他会怎么做?一个人脱离群体是困难的,尤其当他跟群体的关系已经根深蒂固的时候。集体的认可、赞同和生活方式让反对群体比反对家庭还难。

3. 被迫在一起

增强和延长冲突的最有效方法之一是强迫两个(或多个)冲突的人物在一起共度一段时间。或许他们被迫成为了室友、狱友、搭档。他们被编派到了部队的同一个营房?同一间宿舍?他们是队友吗?一起困在孤岛上?用铁链拴在一起?两个想要摆脱彼此却不能实现的人物可以成为推动整部作品的强大力量(《为黛西小姐开车》)。在他们彼此逃避的过程中有什么障碍?

当然,你还必须考虑冲突的根基有多深。A 吹口哨而 B 讨厌吹口哨？在这种情况下，他们克服冲突的可能性很高。或者一个人一直是3K党徒，而另一个人是黑豹党徒（Black Panther）？在这种情况下，他们不太可能克服冲突，除非其中一个人愿意作出改变。

这还取决于他们在一起的时间长短和他们之间的距离远近。如果3K党徒和黑豹党徒关在一间2平方米的牢房里整整一年，他们很可能最终会作出妥协，即使是以最不起眼的方式。或许他们永远不会停止憎恨对方，但是至少当看守接近时会相互提醒。最后，每个人都必须学会容忍和妥协；每个人都必须了解自己和他人；如果他们能够超越琐碎、肤浅的表面好恶，他们可能发现对方比原来想象的丰富得多。这些设定也可以用来丰富一个人物的经历（参见第四章：经历）。

4. 冲突的目标

斯坦尼斯拉夫斯基的体验派表演法对新演员有一项传统练习，两个演员站在舞台上。第一个人有一个目标（比如给吉他调音），第二个人有另一个目标（比如挂一幅画），他需要第一个人的协助。第一个人忙于自己的目标，不能答应。冲突就不可避免地产生了。

我们在生活中都有渴望的东西，时时刻刻都有。如果我们停下来数一数，一天里很容易数出100个目标，无论是想要地铁上的一个座位，还是橱窗里的丹麦松饼。这些都是冲突的可能性。如果地铁上只有一个座位？橱窗里只有一块松饼？另一个人同时也想得到它？突然间，在这个阳光明媚的美丽早晨，冲突诞生了。

人物如何处理冲突会帮助我们深入了解他们。A心甘情愿地把地铁座位让给B吗？B也同样愿意给A让座？他们为了争夺座位吵起来了？甚至动了手？如果没有目标，这些都不可能发生。

如果冲突的目标是一个人（例如女朋友），这个人的反应也能够反映她的性格。她从他们的冲突中感到享受吗？她在一旁煽风点火吗？把B说A的坏话都告诉A？在A面前夸奖B？或者她不惜任何代价避免冲突？她选择了他们两人中的一个吗？还是为了避免冲突，选择了其他人？

5. 提高目标的筹码

制造冲突的目标是重要的开始，但这通常远远不够。为了制造最激烈的冲突，你必须提高这些目标的筹码。让我们回到地铁里想要得到同一个座位的两个人。如果他们都只是短途乘客，用不了几分钟就下车，座位对两个人都不太重要，冲突的可能性很低。现在让我们提高筹码。假设 A 已经在车上站了 3 个小时，一直没等到座位。而 B 刚上车就抢在他前面坐了下来。这时 A 会愤愤不平。他会怎样做？他会压抑住怒火吗？还是跟 B 争辩？使用武力？

要提高一个目标的重要性，就要让你的人物迫切地渴望它。冲突的另一方也一样。提高它的稀缺性——如果两个人正在竞拍一幅梵高的真迹，冲突就会很激烈。

6. 权力斗争

在某种意义上，权力斗争也是对目标的争夺。与任何目标一样，权力受到高度重视，是大多数人追求的对象。当两个人都想得到它时，冲突就产生了。

但是权力是一种特殊的目标：与地铁座位不同，得到权力的人可以支配他人，而得不到权力的人一生都要听命于人，这使得筹码对双方来说都很高。与地铁座位不同，权力经常易手——拥有权力的人可以失去它，没有权力的人可以得到它；而权力本身是没有价值的——它内在的价值来自控制他人。实际上，这完全是相对的：没有他人，就没有权力。没有下属，老板就是光杆司令一个。

权力斗争在日常生活中非常普遍，有数不清的表现方式。最明显的形式是与权威的斗争——家长、警察、法律、军队、政府（《第一滴血》）。人不能轻易摆脱权力斗争。我们很少遇见百分之百满足和快乐的人；大多数人都感觉受到某种方式的压迫。找到被压迫者，你就能找到压迫者。

一旦设置好了斗争，下一步就是加大筹码；延长斗争；让奴隶主更残酷；让奴隶受到的压迫更深。冲突达到顶点，必然会爆发。奴隶除了采取行动外别无选择——他要么揭竿而起杀死主人，要么崩溃、变得驯顺，他的精神从此垮掉。冲突不一定来自压迫和被压迫——它也可以来自争取自由的斗争。

一些人反对任何形式的权力；但是对于大多数人，服从某种形式的权威是日常生活的一部分——事实上，也是必须的。如果我们要在道路上安全驾驶，就必须遵守交通规则，红灯停绿灯行；一家有500名员工的公司里不可能每个人都是CEO。遵守规则本身不应该引起怨恨，不应该导致斗争。导致斗争的是从属于权力的人感觉自己本应拥有权力（例如，一个无能的老板手下的员工），或者更常见的，拥有权力的人滥用权力（例如，老板要求员工加班到很晚，自己却早早离开了）。在这样的环境中，你的任务就是深入了解权力斗争，尽可能地延长冲突。

7. 竞争

A正在接近一个他本来不怎么感兴趣的小客户。但是他听说他的对手B也在争取同一个客户。忽然，A的兴趣来了。为什么？不是因为这个客户本身——而是要"赢过"B。使他兴奋起来的是竞争。当两个人物渴望同一个目标时，它就不再只是一个目标。这就是为什么一个人会因为争地铁座位这类微不足道的琐事与人争吵起来：不是因为他失去了坐在12平方英寸的塑料表面的机会，而是因为他输掉了竞争。

竞争是为数不多的为社会所认可——甚至鼓励——的冲突形式。资本主义因竞争而繁荣；竞技体育有数以百万计的观众和爱好者；甚至公立学校之间也有竞争。公司知道如果让两个（或更多的）员工相互竞争，他们的绩效都会提高。这是因为竞争作为冲突的一种源泉，可以让人达到超常的水平。

竞争也存在于最基本的本能之中：小孩子看到兄弟姐妹或同龄

人得到某件东西（比如说棒棒糖）而自己没有时会歇斯底里地大哭。我们教给我们的孩子压抑他们的竞争本能，他们应该为兄弟姐妹得到生日礼物感到高兴。但是，矛盾的是，当他们长大后，我们鼓励他们去参加竞技体育。我们想要竞争——但我们只想要某个特定领域中、某种特定形式的竞争。我们想要控制它、驯服它，让它可以预期。因此，孩子们压抑了他们的本能——但是本能从未消失。作为成年人，多年的压抑可能以丑陋的方式表现出来。

因此，毫不奇怪，竞争常常使人变得幼稚，把他们最坏的一面展现出来。处在一个竞争性的环境中，一些人会作出奇怪的反应。为了获得胜利 A 会采取哪些极端的、非常规的步骤？他天性喜欢竞争吗？当处于竞争性环境中时他会作出哪些不同寻常的反应？A 会为了抢到座位推开挡在他身前的老奶奶吗？他会用力把 B 从座位上拉起来吗？如果 A 没抢到座位他会愤愤不平吗？他会大发脾气吗？会迁怒于他人吗？还是会马上忘掉这件事，整个乘车期间都站在原地，恶狠狠地瞪着 B？如果他抢到了座位会兴高采烈吗？会洋洋自得吗？会喜形于色吗？竞争能够帮助我们更好地了解我们的人物。

在设计竞争时，你不需要看得比日常生活更远：它无处不在，从团队竞赛（橄榄球、棒球）到个人竞赛（拳击、网球），从游戏（国际象棋、扑克牌）、工作（竞争一个职位、争夺一个客户）、关系（追求同一个女孩），到家庭（竞争父母的爱）。

8. 时间

在某种意义上，生命可以看成对时间的使用和分配。对于最忙碌、最需要时间的人——年轻的父母、大公司的 CEO、名人——时间冲突是日常生活的一部分。对许多人来说，时间就是金钱，许多工人就是按工作时间拿工资的。如果一个工人想要在家休息一天，他就要损失金钱，因而就产生了时间冲突。如果一位家长想去参加孩子学校的戏剧节，但是有一个重要的工作会议，他就面临时间冲突。我们在制定自己日程表的时候常常要因为他人的一时兴起而作调整。

一种简单的制造时间冲突的方法是让两件对你的人物非常重要的事件同时发生。人物的犹豫不决就是冲突，不要马上解决它，相反，要尽可能延长这个过程。当他最后下定决心时，冲突更激烈了，因为尽管他出现在一个事件中，心里却在想着另一件事。最后，当他从这件事中返回，冲突还可以升级，因为他必须面对他没有参加的事件的相关人物的愤怒，他可能感到自责，甚至后悔——如果他做出了错误的决定的话。

一天之内的时间点也可以制造冲突。一个早起的人跟一个夜猫子一起旅行；每天，早起的人受不了夜猫子直到下午 3 点才醒来，而夜猫子受不了早起的人晚上 11 点就睡了。或者一个上夜班的丈夫和一个上白班的妻子：两人很少能见面，他们的关系开始破裂。简单地检查一下我们的人物的日程表，就能找到数不清的时间冲突。

9. 家庭

朋友有聚有散。婚姻可能破裂。但是你最初的家庭（母亲、父亲、兄弟姐妹）是永恒的，无论你喜不喜欢。事实上，这是家庭的决定性因素之一。因此，在一个层面上，家庭冲突是被迫在一起的人之间的冲突——只不过极端化了。为了我们的目的，你可以通过强迫他们待在一起来激化这种冲突——让他们住在狭小的公寓里，让两个姐妹共享一间卧室、浴室，或者让两个总是打架的兄弟一起参加没完没了的家庭聚会。

家庭可以成为在别处找不到的特殊形式的冲突的温床。兄弟姐妹争夺父母亲的爱和关注；兄弟姐妹之间相互竞争；父亲与儿子发生权力斗争；孩子成为父母争吵的受害者。在接受姻亲时也可能发生冲突：如果两姐妹（A 和 B）从小就非常亲密，然后 A 结婚了，忽然间不再跟 B 在一起，你肯定会在 B 和她的新姐夫之间发现冲突。离婚会制造巨大的冲突，包括接受新的继父母或继兄弟姐妹的冲突，以及强迫孩子选择跟父母中的哪一方共同生活的终极冲突。

家庭冲突中最重要的——尤其是在父母—子女关系中——是创造一种冲突的模式，尤其是当人物从幼年起就卷入一种冲突，而这种关系是他所知的唯一模式时。与父亲不和的儿子很可能在他的一生中都与权威不和。在某种意义上，家庭冲突是无限持续的冲突。

10. 恋爱

恋爱有其一系列独特的冲突。欲望和肉体的吸引经常使恋人看不到彼此的缺点，这成为冲突的潜在来源；然后，蜜月期过去了，被压抑的冲突浮上表面——有时候足以伤害甚至摧毁一段恋情。如果两个人来自不同的背景，会存在与生俱来的冲突。一个穷姑娘嫁给一个有钱人不一定会导致冲突，但是如果女孩在仇视富人的家庭长大——而且仍然认同她在成长过程中所受的教育——她对富人的敌意总有一天会让她的丈夫成为受害者。反过来，如果他在蔑视穷人的家庭长大，冲突一定会更激烈。如果他是犹太教徒而她是天主教徒，不一定会导致冲突；但是如果其中一方非常重视宗教信仰这件事，双方又都不会改变信仰，冲突就是不可避免的。即使他们找到了折中的办法，冲突也很可能在他们养育孩子时重新浮上表面。

事实上，养育孩子是冲突的重要来源——如果他是严父而她是慈母，如果她想让孩子上私立学校而他想让孩子上公立学校，如果他允许孩子看电视而她想让他们看书……退一步，在决定要不要孩子、什么时候要、要几个孩子这些问题上，都可能发生冲突。给孩子起名字时也可能冲突。如果是意外怀孕，关于是否留下这个孩子也会有冲突。

两个家庭的融合同样是冲突的来源。父母看到他们的孩子结婚时总是很紧张，兄弟姐妹担心他们再也没有时间在一起了——最重要的是，每个家庭都不得不面对一大批完全陌生的人。冲突的可能性很高，特别是在一开始，尤其是在他们的背景截然不同的情况下。

同样，一旦他们结婚或者开始约会，关于每个人分配多少时间给各自的家庭会有冲突，尤其是如果双方都来自大家庭，而在他们相遇之前，双方都习惯了大部分时间跟各自的家人在一起。如果此时一方——或双方——跟对方的家庭成员处不来，冲突就更加激烈了。跟对方的朋友处不来也一样——如果一方不喜欢另一半的朋友，这会是冲突的原因，特别是在另一半经常跟这些朋友在一起的情况下。

时间冲突也可以应用于情侣之间。如果一方要求另一半经常陪伴在身边，而另一半非常忙碌或者习惯于独处，就会发生冲突。关于双方有多少时间不花在彼此身上（用来工作、交友）会有冲突。关于他们在一起时选择做什么也会有冲突——看哪一部电影，去哪一家餐馆吃饭，去哪里度假。

对于一些情侣，竞争的加入会成为冲突的来源。如果两个人相遇时都是默默无闻的演员，此后其中一方取得了巨大的成功而另一方还在苦苦奋斗，不满便会产生。类似地，如果一方开始比对方挣钱多；如果一方开始发胖而另一方没有……

情侣和外部世界之间也会发生冲突，特别是如果他们的组合得不到外部世界的赞同和认可——如果他40岁而她只有16岁；如果他们是同性恋，住在一个异性恋社区。

把目光投向阴暗面，嫉妒可以成为冲突的来源。如果一个男人发现他的妻子跟别人偷情——无论是不是真的——冲突都会发生（《奥赛罗》）。如果她火上浇油——或者真的偷情——冲突会更激烈。如果一个男人虐待他的妻子——从肉体上到语言上——冲突会很严重；如果她还击，冲突会更严重，以至于他们的婚姻看起来不像婚姻，而像一场格斗擂台赛。（当然，这完全取决于作者如何处理——例如，在《三人行》中，罗珀先生和太太经常互相开玩笑，他们之间的斗嘴是轻松快活的，而且表达了对彼此的爱——冲突成为喜剧效果的来源。）如果一个男人有婚外情，发生冲突的可能性非常大——既可以发生在男人和他的妻子之间，也可以发生在妻子和第三者之间（《致命诱惑》）。最后是恋爱冲突的终极形式——离婚。

11. 工作

职场是特殊形式的冲突的温床。员工之间会为了升职而产生冲突；如果每年20个人里只有一个人能够得到晋升，冲突会升级。员工为了争夺同一个客户、同一笔生意，或者邀功请赏而发生冲突；如果公司助长这种冲突，它还会升级。职场冲突的最普遍形式是员工和老板之间的冲突；如果老板行事不公，冲突还会升级。相反，如果助理老是犯错误，老板和助理之间也会有冲突。如果某人的人生哲学和处事方式跟她的同事格格不入，他们之间也会发生冲突（《诺玛蕾》）。

为了竞争同一个客户，公司之间会有冲突。员工和客户之间会有冲突，特别是如果客户特别挑剔的话。演员A每年能挣1 000万美元，他的经纪公司收到合约，要求其担任演员B的代理人，B每年也能挣1 000万美元。但是，演员A和演员B是竞争对手，A威胁说如果公司接手B的业务他就要退出。这家经纪公司就面临严重的冲突。

当然，所有其他形式的冲突也适用于职场。时间压力（冲突的截止日期）；恋爱（彼此吸引的搭档之间的冲突，或者性骚扰）；权力斗争；冲突的目标；人们不得不长时间在一起共处；家族企业。许多企业是家族所有或经营的，这能产生更激烈的冲突，因为家族冲突加剧了职场冲突。

12. 态度

让我们回到银行里排队的两个人。回忆一下第二个人，他认为出纳员故意拖延时间，惹他生气。当他焦躁不安地站在队伍里等待时，冲突产生了。不过事实上，冲突在哪里？出纳员真的对他说了什么或做了什么吗？没有。我们对冲突感同身受——为这个人物感到着急——但是事实上，真实世界中并不存在冲突。冲突只来自他的观点。

许多争端和交流不畅都只是由于人们彼此误解或持有不同观点。态度是一种神奇的工具，帮助你在没有冲突的地方制造出冲突。如果 A 对 B 说"你很漂亮"，而 B 觉得 A 在讽刺他，便会反唇相讥。A 本来是真诚的，觉得自己受到了无理的攻击，也出言回击。这就从良好的意愿和扭曲的态度中创造出了争端。

13. 内心冲突

当我们透过人物的视角去观察时，制造冲突不一定需要外部的人物或环境。事实上，冲突的最高形式通常来自内心。外部冲突至少是可以言说的，可以被解决、避免和忽略；内心冲突却不容易贴上标签，从来不能避免，有时候永远不能解决。事实上，有观点认为我们经常渴望——甚至制造——外部冲突，以便不去思考内心冲突的问题；一个人的内心冲突越激烈，他为了缓解内心负担而制造的外部冲突就越严重。这就是为什么一些人只有在置身危机中心的时候才能真正放松——他们经常会努力制造这样的危机。

我们每天都要面临数不清的琐碎的内心冲突。货架上有两个牌子的啤酒；它们看起来味道都不错，价钱也一样。你会选择哪一种？一些人立刻做出选择，只是为了缓解内心的冲突——这样的人可以被贴上"冲动"的标签。另一些人犹豫了好几分钟，渴望做出最好的决策——这些人可以被贴上"拖延"的标签。驱动冲动型购买者和拖延型购买者的是同一种东西：内心冲突。在这个例子中冲突是无害的；但是内心冲突可以表现为更极端的形式。例如，冲动型购买者只是为了速战速决，没有比较价格就买了一台 3 000 美元的电脑；或者拖延型购买者花了 30 分钟，瞪着货架上的那些啤酒瓶而不采取行动。

内心冲突也可以与更多实质性的生活问题相关。比如一个住在南达科他州的女人，她的家人都住在附近，但是她渴望在大海边生活，想要搬到佛罗里达州。她的家人不想搬家。她非常矛盾。无论她如何选择——搬到海边还是留在家人身边——她内心中有一部分永远不会满足，她总会渴望另一种选择。

　　一个人物也可以面对伦理冲突，不知道自己做得对不对。他可以因为宗教问题感到冲突，不知道他是否遵从了正确的宗教仪式，或者不知道究竟该不该遵从这些仪式。他可以因为朋友的选择、恋人的选择、工作、生活状况——各种各样的问题而感到冲突。一个人物需要做的就是感受内心冲突，然后他会自然而然地创造出使他从 CEO 的位置、从完美的婚姻、从巨额财富中跌落的外部环境。将其极端化，内心冲突——尤其是不能解决的冲突——真能把人逼疯。

延长冲突

　　安排好背景，做出正确的选择，只是战役的一半。战役的另一半是关于执行的，即如何延长冲突。冲突不能太快解决，否则悬念就会消失；反之，它也不能永久保持下去，否则读者会感到故事悬而未决。正确的方法介于二者中间。如果你写的是像《单身公寓》这样的电视系列剧，你需要让冲突保持 100 集或者更多。只有一个有洁癖的怪胎和一个邋遢鬼是不够的。你需要不断寻找冲突的新来源——他们会发生分歧的新问题、惹毛他们的新段子。你需要创造新的情景和困境，为他们制造新的冲突。人物可以把旧冲突带到新情景中（将父亲和儿子无休止的权力斗争放在一支篮球队中，他们会为谁来罚球争论不休），或者他们发现基于这种情景中他们会发生冲突（两兄弟遇到一个漂亮女孩，他们都喜欢她，第一次意识到原来两人喜欢同样类型的女孩）。

　　但是如果我们只有冲突，会让读者不安。像悬念一样，冲突是关于对立的。我们需要解决，让我们有喘息的机会，为下一轮的冲突做好准备。《单身公寓》经常由一个制造冲突的事件开始，然后在剧集剩余的时间里延长和激化它，但是结尾时事件一定会得到解决。通过这种方式，我们获得了满足。不过，在最后的最后，经常发生另外一个小小的——喜剧性的——事件来制造新的冲突，让我们看到他们冲突的关系仍然充满活力,时刻准备爆发,以促使我们观看下一集。

制造一种等待冲突发生的情景,延长对冲突的预期同样有效。例如,你可以让读者知道 A 是一个前纳粹分子而 B 是一个大屠杀幸存者,尽管人物自己还不知道。他们坐在一个房间里聊了几句——或许甚至交上了朋友。我们始终在等待冲突爆发。或许他们从来没有发现对方的身份,冲突从未爆发。或许一年后他们才发现,这时他们已经成了最好的朋友。他们会怎样做?这是最使人不安的冲突——或许也是最深刻的——因为它证明我们作为人类的共同点,比我们在一生中的特定时期扮演的角色或曾有的身份更加重要。

练 习

人物冲突评估

你的人物善于制造冲突吗?他树敌很多?喜欢争论?他总是站在别人的对立面吗?他总是惹麻烦吗?他的职业反映了这一点吗?他是个律师?一个拳击手?或者他会不惜一切代价避免冲突?他是个驯顺、消极的人吗?他总是放弃?他是个调停者?按照 1～10 打分,你会给他制造冲突的可能性打几分?了解你的人物本身有助于更好地处理他接触的事物。

人物群体冲突评估

看一看你的全部人物。他们之间发生冲突的可能性有多大?你对人物群体的选择正确吗?你能改变他们每个人,从而在他们之间制造更大的冲突吗?如果人物在一起很快乐,什么能把他们分开?冲突的日程表是怎样的?不同的阶级、种族?星座不合?

参考人物互动图练习（第三章末），思考你作品中的人物彼此共度的时间有多少。最可能发生冲突的人物在一起的时间多吗？你的人物应该与不同的人物互动吗？

目标

选择一个中立人物的普通场景，引入一种独一无二的冲突目标。为每个人物制造绝望场景。观察这个场景如何变得生动起来。你如何把这种原理用于你作品中的其他场景？

选择

正如我们之前提到的，选择本质上就意味着冲突。看一看你的人物生命中所有重要的选择：婚姻、子女、职业、居住地……每个选择的冲突选项是什么？他还可能跟谁结婚？他还可能在哪里居住？他可能有另外一种职业生涯吗？我们的兴趣不完全在于他的生活本来还可以是什么样子，而在于指出这些关键选择上的冲突。他毕生都在两种职业间摇摆不定吗？他多年来一直在妻子的家和母亲的家之间（相距300英里）来回奔波吗？你能把这些生活中的重大决策写进你的作品中吗？你能延长一个与生活中的重大决策有关的冲突吗？

第七章　上下文

> 只要把它写下来，我们就能看到应该做什么。
>
> ——麦克斯威尔·柏金斯（Maxwell Perkins）

有时候我发现自己回忆起读到过的那些精彩的场景、非凡的人物和优美的段落时，会一时恍惚，想不起它们属于哪部作品了。然后才恍然大悟，它们并不属于任何出版的作品。在我的内心有一块从未出版的文字的墓地。作为一名编辑，我有时候不得不删掉一些我所见过的最优美的文字，因为它削弱了作品的其他部分。这是编辑工作中最痛苦的部分，但是伟大的作家知道作品的上下文意味着一切。

写作中会遇到这样的时刻，你必须从单独的美丽词语和句子中脱离出来，把它们置于句子和段落的上下文中进行评判。同样地，你也必须从单独的场景、环境、人物或背景中脱离出来，把它们置于整部作品的上下文中进行评判。写作是一支交响乐：没有什么是独立存在的，所有的元素都要根据它最终在多大程度上有助于（或有损于）其他元素来评判。

传统的编辑加工要求你字斟句酌，与此同时，上下文要求相反的东西：你必须从宏观上审视你的作品。这时你需要的是俯瞰的视角。特别是如果你的作品很长，依据上下文编辑需要强大的注意力以保持与作品的距离和客观性，以及同时把握整部作品的能力。你要考虑到作品给读者的整体印象，这不是个简单的任务。事实上，这很棘手、难以捉摸，而且随着你的每一次修改都会发生变化。

上下文会影响悬念、冲突、节奏、进展和最终意义。悬念太多会淹没悬念，行动太多会淹没行动。我们要分别考虑推动情节发展的每一种元素的上下文；然后考虑作品的整体。但是作为开始，我们先来考虑上下文编辑中最主要的问题——重复。

重复

考虑上下文时，最常见的编辑工作是对重复的修改。有时候我编辑作家的手稿，删掉一个场景后退给作家，他只看到我修改的地方，会打电话来问，为什么要删掉这个场景？这是个很棒的场景。而我会回答，是的，它是很棒，但是重新阅读整部作品，你会发现这个场景重复了之前（或之后）出现的相同主题（或人物、环境）。它本身没有问题，但是考虑作品的上下文时，它必须删除。作家们总会一边抱怨，一边不情愿地同意重读作品——然后两个星期以后回来找我，告诉我他们同意删掉那个场景。

单词、短语和句子的重复相对容易识别。段落的重复要困难一些，尤其是如果它们相隔很远；主题或环境或目的的模糊重复是最难识别的。这项工作的关键是一口气读完作品，特意寻找重复。必须记住，你写作这部作品时经历了很长一段时间；在这么多次断断续续之后，你很可能在一些地方重复自己，即使是以最不明显的方式。

同样要注意寻找重复的人物。作品中有两个或更多非常相似、难以区分的人物吗？在这种情况下，他们会彼此削弱。他们能够合并成一个人物吗？某个人物出现得过于频繁吗？还要注意寻找重复的背景——我们总是回到同一个背景吗？还是所有的背景都差不多，几乎无法分辨？在这种情况下，你应该如何增强对比？还要注意寻找重复的行为或相似的事件、重复的相似人物的经历、重复的场景。经常要问问自己：这个场景真的对作品有帮助吗？它与之前的场景有什么不同？

有时候读者需要重复。在任何作品中，读者需要吸收的信息都很多——姓名、事实、日期、地点、设定——他们在阅读的过程中很有可能忘记一些事情。因此，如果你的作品中有一个重要事实——特别是如果这个事实被掩盖起来了，或者作品的篇幅很长——你应该在恰当的时机巧妙地提醒读者。这种手法在侦探小说中很常见，在结尾处，某个开始被掩藏起来的小细节潮水般地涌入侦探的脑海。读者会跟着侦探一起回想起来，并且很高兴得到提醒。有意识的重复对于书籍比对电影更重要。大多数读者不会一口气看完整本书，实际上，读者经常花上几个星期，断断续续地读完一本书。

有意识的重复也可以通过一种更广义、更抽象的方式，达到与读者共鸣的目的。例如，如果你作品的核心是特定的主题，它们可以贯穿始终反复出现。这在心理学作品中比较常用，作家描述人物的方式就像是他们的家长。在《教父》中，影片开头的镜头与结尾的镜头巧妙地遥相呼应——开头是唐·柯里昂坐在一张椅子里，结尾是迈克尔·柯里昂坐在一张椅子里。作者在这里运用了有意识的重复，表现了家族循环的完成。

人物

信不信由你，人物是由上下文来塑造的。一个主要人物只有相对其他人物而言才是主要的。如果你有六个人物，每个人物的出场时间都一样，就不存在一个"主要"人物了。但是如果其中一个人占据了 100 页，其他人每人只有 20 页，你就有了一个主要人物。

人物的重要性也必须根据上下文来考虑。尽管占据篇幅（或出场时间）最多的人物一般被默认为"主要"人物，但是就像我们之前提到过的，这不一定意味着他就是作品中最重要的人物（比如《黑暗的心脏》中的库尔茨）。人物的重要性也由他与其他人的关系决定。在上下文中，库尔茨是最重要的人物，因为其他人物都把他当做最重要的人物来对待,好像他是一个神话或上帝;在上下文中,他也是最不寻常的人物,因为其他主要人物都是道貌岸然的殖民者,只有库尔茨突破了所有的束缚,生活在土著人中间。

回到我们的六个人物上,即使所有人的出场时间都一样,如果根据上下文,其他人把某一个人当做最重要的人物来对待,这个人仍然是最重要的——比如,他是团队的领袖,或者他是最不同寻常的,比如他是六人中唯一的男人。不过在大多数情况下,重要性与出场时间是一致的。

你的人物给别人留下什么样的印象,与我们在什么样的上下文中看到他,或者他周围的人如何对待他有密切的关系。如果你的人物第一次出场就跟三个亡命之徒在一起,这就会影响我们的判断。事实上,黑帮是运用上下文塑造人物的完美范例。如果一个人物出场时只有他一个人,他不会显得可怕;但是如果他出场时带着十个怙恶不悛的罪犯,他会很吓人。在这种情况下,其他人物被用来衬托我们的人物。同样,其他人物也可能抛弃我们的人物:如果整部作品中他都是一个被众人簇拥的国王,但是到了最后孑然一身,我们会看到人物是如何从众星捧月的位置上坠落的(《雅典的泰门》)。

经历

如果在一个充满白人至上主义者的小镇上,一个人拒绝从众,跟一个黑人交上了朋友,这个人的经历会显得卓尔不群。不过,如果整个镇子上的白人至上主义者都跟黑人交朋友,就没有谁是特殊的了。在这个例子中,上下文的效果很明显;但是必须注意,让其他人物拥有同样的经历,会冲淡你的主要人物的经历。

不是说作品中的其他人物不需要经历——相反,他们需要,而且应该有。其他人的经历可以作为我们主人公经历的补充。例如,白人至上主义者的小镇可以在主人公跟黑人交朋友的同时,变得更加暴力和种族主义泛滥——这反过来使我们主人公的经历看起来更加不平凡。或者相反,一个群体——比如一个班级的不良少年——全都改过自新了,只有我们的人物没有跟大家同步(即使他只是保持原样),由于上下文的关系,还是让他看起来成了一个更坏的孩子。

在上下文中,镇上其他人物各自不同的经历也会模糊我们主人公的经历——尽管是以更间接、更温和的方式。其他人的经历与他的不同,但是也不能作为他的经历的补充——它们是完全无关的经历,比如说,一个人当上了父亲,另一个人离婚了,等等。如果一个人物有经历而其他人没有,他会被认为是最重要的人物——他会鹤立鸡群,可能给读者留下难忘的印象。重要的经历告诉读者,这是关于这个人物的故事。它给了我们寻找的线索,帮助我们决定应该关注谁、追随谁、代入谁和关心谁,并且对谁投入感情;它让我们锁定一个人物的视角,帮助我们产生共鸣。

当然,每个人物都有自己的经历,但是要记住,当经历结束时,留给你的是一个完全不同的人物——每段经历都会使作品中的人物数量翻倍。读者能够记住的人物是有限的,人物越多,关注每一个人物就越难。

时间

我们中的大多数人都会让最近的过去或最近的将来影响现在的体验;我们生活的当下是处在过去和未来的上下文中的。对于你的人物来说也是如此。假设你的人物一周前刚刚埋葬了他的妻子,或许他茫然地四处游荡,心不在焉,在公众场合哭泣;或许他愤怒、痛苦、乱发脾气。他仍然沉浸在悲痛中,他现在的反应必须放在这个最近的过去的上下文中考虑。事实上,考虑到这个人的过去,如果他丝毫不为所动是不现实的(除非他是杀死妻子的冷血杀手——在那种情况下,他的毫无反应本身就很重要)。

这个例子很明显，大多数作家在这种戏剧性的情景下理所当然地会考虑上下文。不过，许多作家在一年后、两年后或十年后会忘记考虑人物的过去。一年半以后，他会不会忽然想起妻子，在超市结账的队伍中情不自禁地哭起来？三年后，他会不会造访一家曾经与妻子一同住过的乡村旅馆，忽然间当时的记忆复活了，令他不堪忍受，决定离开？死亡永远伴随着你——几乎每一个过去的重要事件都是如此。这些事件对人物有什么样的累积效应？这种效应什么时候会重新浮上表面？怎样表现？为什么？

同样，未来也可以占据人物的全部身心，尤其是迫在眉睫的重要事件。假设一个人物得知他只有一个星期可以活了——他很难不根据未来规划生活。或者不那么戏剧性地，假设一个女人已经为她的婚礼准备了整整两年，现在距离婚礼只有一个星期了。她可能会焦虑；或许会发脾气，与未婚夫和父母吵架。她现在的心理状态无疑受到了未来的影响。

戏剧反讽

一个女人每天 5 点准时下班，而她的同事加班到很晚。老板因此不喜欢她，决定永远不给她升职的机会。但是，我们知道她 5 点钟离开的原因是她必须照顾垂危的父母，家庭护士会在 5 点半准时离开。老板会知道真相吗？她会告诉他吗？别人会吗？她始终只字不提，最后被解雇了吗？如果他发现了真相，会觉得自己愚蠢和惭愧吗？

在某种意义上，戏剧反讽是基于上下文的。兴奋感来自看着一个场景展开，任何一方都不知道其他人生活的背景。它向我们呈现了在人们没有考虑上下文的情况下发生的事，看到这如何导致麻烦——通常是误解——对我们来说是一种享受。这是缺乏上下文就不可能理解人物和环境的典型例子。

反过来，戏剧反讽帮助制造悬念。下面我们进一步分析这一点。

悬念

假设在一个场景中，一个男人正和他的妻子共进午餐。这没有什么特别让人兴奋的。现在让我们做一点改变，就在饭前，男人接到老板的电话，告诉他他被解雇了。现在，当他们吃饭时，我们在等着看他是否会告诉她这件事；我们期待她会作何反应；我们期待会出现怎样的场面。为了进一步折磨读者，你可以延长这个过程：你可以让他好几次欲言又止，或者转移话题，或者被打断。通过让这个男人背后发生新故事，我们成功地把一个普通的场景变得富于悬念。

如果你要用这种方法使用上下文，你必须认识到它的力量，理解它如何为整个场景增添色彩。这个人仍然处于震惊的状态中，可能在脑海里一遍又一遍地重放这个伤人的场景。或许他头脑一片混乱，完全不回答妻子的问题；或许他变得比平时更安静，或者更聒噪。或许他对她所有的问题强颜欢笑、喋喋不休——或者答非所问。如果她是个称职的妻子，就会发现事情不对劲；如果她只是来相亲的，第一次见到他，可能觉得他是个怪人。

作家也必须考虑作品中悬念的上下文。如果作品中的每一幕场景都让观众提心吊胆，从来没有喘息的机会，每个场景的效果都会打折扣，最后读者就不太把悬念当回事了。相反，如果一部作品自始至终比较缓慢，然后唯独在一个悬疑场景中达到高潮，这个场景会令人难忘。这是《精神病患者》成功的原因之一。作品自始至终保持着张力，但是真正让人心跳加速的悬疑场景是稀有的：只有两处——浴室谋杀的一幕和最后一幕。而且，它们相隔很远，每一幕都充分发挥了效果。相反，如果浴室谋杀场景一个接着一个，《精神病患者》会变成一部B级的血腥电影，而不会成为值得纪念的悬疑经典。

冲突

还是以午餐的故事为例，我们可以看到如何运用上下文来制造冲突。或许丈夫刚刚被解雇,在饭桌上饱含愤怒和痛苦的情绪;或许妻子刚刚跟同事吵了一架,有她自己的痛苦。在这样的设定下,很容易在午餐期间制造冲突——即使没有冲突的对象。或许他们为点什么菜吵架,互相指责,翻旧账……或者假设你曾经在背景故事中介绍过,妻子反复威胁他,如果他再被解雇她就要离开他。现在,当他们坐在那里吃饭,他拖延着不敢告诉她,我们会为即将到来的冲突而提心吊胆。

一般来说,运用上下文制造冲突不一定需要这么高的筹码。你需要的只是来自两个不同地点、怀有不同心情的人。丈夫工作了10个小时,筋疲力尽地回到家,什么事也不想做,妻子整天一个人在家等着他回来,想要跟他交谈。他们各自度过的一天使他们处于不同的立场,在某种意义上彼此对立。

跟悬念一样,一部作品不可能完全由冲突构成;作家必须考虑到上下文。作品中需要时不时地有休息和问题的解决,冲突才能发挥最大的效果。

背景

在雷·布莱德伯里(Ray Bradbury)的短篇小说《雨一直下》中,一群人被困在一个阴雨连绵的星球上。哪里都没有避雨的地方,人们快要被雨水逼疯了,绝望地寻找一间"日光浴室",渴望在那里得到解脱。在故事的结尾,唯一的幸存者找到了它。在长达30页的剧本内容都在描述暴雨浇在他头上之后,他进入了一座安静、干燥、温暖、明亮的建筑。这种背景带来的满足感——既是人物的也是读者的——是非常强烈的。这完全是因为作品中的上下文——之前人物所处的悲惨环境——造成的。

与其他方面一样,上下文对背景有重要的影响。一个美好的艳阳天本身会被认为是理所当然的,没有什么不同寻常;但是如果刚刚逃出一幢鬼屋,晴天看起来就像天堂,人物会欢呼雀跃。对于生活在海边的人来说，大海是平常的；但是对于第一次看到海的人来说，大海是奇迹般的。一个家庭对他们有四个房间的房子一直很满意，直到他们参观了朋友家有六个房间的房子。任何事情都是相对的，要使一种背景取得最强烈的效果，可以在它之前或之后安排一种对比鲜明的背景。一个人从光明进入黑暗；从一间小小的牢房到奢侈的豪宅；从鲨鱼出没的水域到干燥、安全的船上。

伟大的作家知道这一点，并且经常运用。监狱题材的电影很少有开始和结束都在监狱里的。大部分监狱作品（《肖申克的救赎》、《逃出亚卡拉》、《无辜者》、《死囚漫步》）的开始和结束都在监狱之外——或者至少通过闪回表现监狱之外的生活；通过上下文，监狱作为日常生活的框架被衬托得更加可怕。发生在精神病院的作品也是如此；《飞越疯人院》中，主人公带领他的病友们外出游玩（打破常规背景），影片的最后一个镜头是一个人物离开医院。

背景与节奏和进度一起，可以为读者的期待设置舞台。如果作品的 95％ 都发生在一个房间里，剩下 5％ 却带我们穿越 20 个场景，作品就会失衡，读者会感到混乱。同样地，如果一部电影中 70％ 的时间每 2 分钟就进入一个新场景，然后剩下 30％ 发生在同一个房间里，我们也会感到不满。如果一个场景使用过多，读者会焦躁不安；而如果场景更换过于频繁，我们又会迷失方向。

节奏

如果我们观看一部战争电影，前两幕充满了动作戏，而最后一幕由两个人安静的对话构成，观众会觉得不耐烦。然而，如果前两幕一直是一个人独自坐着，两个人的对话就会加快影片的节奏。

你必须谨慎地设定节奏，因为你要根据它来设计舞台，读者会习惯某种节奏，并要求从始至终保持相似的节奏。尤其是对于动作片——快节奏意味着如果你停下来喘口气，读者更容易感到不耐烦。在慢节奏的作品中，读者适应了慢；如果你把节奏加速得过快，作品也会失衡。

与此同时，节奏是相对的，在动作场景中读者需要时不时地停下来。要保持快节奏，你需要给他们喘息之机；要维持慢节奏，你需要加入一些动作场景。注意故事框架结构的上下文。许多新手作家容易犯这样的错误：他们用一个特别精彩的场景作为开场，提高了门槛，但是接下来不得不退后一步，缓慢地展开故事。如果开场的节奏太快，就很难不让观众感到烦躁。或者相反，许多作家把他们所有的行动都保留到结尾，以便制造一个巨大的高潮。但是在读者刚刚经过了节奏缓慢的三个小时之后，这样一个场景不可能被他接受——他不在状态，无法吸收这样一个快节奏的场景。最好的办法是均衡地开始和结束，按部就班地展开情节。

进展

进展和节奏是类似的问题，不过节奏更多地与作品展开的速度有关，而进展关系到有没有取得某些阶段性的结果。正如读者会习惯作品的节奏一样，他们也会习惯进展。例如，假设到第一幕结束时，主人公已经通过一段经历变成了一个完全不同的人。这是非常快的进展，因此读者会在作品的其余部分期待同样高速的进展。从此以后，主人公就不能原地打转、无所经历了。你需要同等程度的进展——他要么一路滑到谷底，要么开始一段新的经历。或者假设这是一部动作惊悚片，在前200页里进展很大——宣战、潜艇就位、快节奏的追逐……如果第二幕由一段完全没有进展的支线情节构成，读者就会不耐烦和不满意。

如果作品除了进展外什么也没有表现，我们就完全感觉不到进展。这就像开车：如果你缓慢而稳定地以每小时10英里的速度前进，你几乎感觉不出自己在移动，并且把前进当成理所当然的。但是如果你一个小时原地不动，然后忽然开到每小时50公里，你就能感觉到进展，尽管这两种方式在一天结束时带你到达的地点都一样。

对于读者也是如此：在作品的上下文中，缓慢而持续的进展可能被视作理所当然，断断续续能够让他们更期待进展。

意义

假设两个人在一次国际象棋比赛中打了起来。下一次在他们看到一副国际象棋棋盘时，空气中充满了紧张感。并不是棋盘本身制造了紧张感，而是他们与它的关系。事实上，除去上下文，棋盘本身失去了意义。

广义地说，场景也是如此。在那个丈夫和妻子共进午餐的场景中，你会注意到场景不再与午餐本身有关。这个场景真正的焦点是他们带到餐桌上来的上下文——他被解雇了，她跟同事大吵了一架。他们被各自的心事困扰着，很可能根本记不得午餐的任何细节。当上下文足够强大，就好像当下的时刻消失了一样。

同样，尽管许多作家没有意识到，上下文能够（而且经常）影响作品的整体意义。当作家写完一部作品，回想起来时，产生共鸣的经常是那些占据最大篇幅的特定主题或人物。这与篇幅的分配有关。

作家经常忘了停下来问问自己：我的作品究竟是关于什么的？应该为其分配多少篇幅？作品是关于一个人的崛起的吗？如果是，我应该用75%的篇幅描写他的衰落吗？或者作品是关于一个事件的，在这种情况下，我应该等到过了半程才开始提到它吗？作家对作品的特定方面投入有多深，会极大地影响作品的节奏、进展、焦点和终极意义。

篇幅分配是你的总体规划，它比任何其他东西都更能反映你的故事是关于什么的。许多作家在没有有意识地决定篇幅分配的情况下就开始写作了；这是因为许多人在完成整部作品之前并不真正知道他们的作品是关于什么的。在写作时不知道这一点没有错误。但是一旦完成，作品必须被修改成型，这通常意味着一些部分必须被删除，不管你有多么喜欢它。最终，你必须下定决心，否则作品就会失去平衡，使你在与目标关系不密切的话题、人物、事件和主题上投入过多的精力。

练 习

视角

进行上下文编辑首先要找到一种正确的视角，当你距离作品太近时，这种视角很难找到，甚至根本找不到。根据经验，进行上下文编辑距离你完成作品的时间越久越好。一口气读完作品，寻找上下文中的问题，比如重复，看看你都能发现什么。然后把作品放到一边，两个星期以后再读一遍。这一次你发现了哪些上一次没有发现的东西？

即使间隔一段时间，大部分作家还是很难找到视角。这是不可避免的。你不妨把你的作品拿给一个你能够信任的局外人看。看看他能发现哪些你没有发现的上下文问题？

重复清单

对照你的人物清单，问问自己哪些人物是相似的？他们彼此削弱了吗？其中一个能够被删除吗？他们能够被合并吗？

对照你的场景清单，再问问自己同样的问题。

场景移植

选择一个关键场景，把它移植到作品中的另外一个地方。如果它现在在开头部分，把它移到结尾；如果它现在在结尾，把它移到开头。这样的移动会对作品产生什么影响？上下文的改变会如何影响场景的意义？有没有你可以移植到其他地方的场景？

人物移植

选择一个在作品早期介绍的人物，一开始不要介绍他。选择一个后来才介绍的人物，在第一页就介绍他。这会如何改变作品？上下文如何影响这些人物？有没有你应该移植到其他地方的人物？

篇幅分配

问问自己，我的作品是关于什么的？它的主题、人物、经历是什么？现在把作品作为一个整体来考虑：篇幅的分配与你的目标一致吗？你在相对不重要的人物、场景或问题上花了太多篇幅吗？哪些可以删除？为了实现最初的目标可以增加哪些内容？

第八章　超　越

最伟大的悲剧家也是最伟大的喜剧家。

——苏格拉底

玛雅·安吉洛（Maya Angelou）曾说她感兴趣的不是事实，而是真相。二者有什么区别？一部作品怎样才能给读者留下深刻、难忘的印象，成为影响他们一生的东西？

回想一些经受住了时间考验的作品，小说（《白鲸》）、戏剧（《罗密欧与朱丽叶》）、电影（《码头风云》）。如果这些作品只对各自的时间和地点有意义，它们不会世代流传。它们之所以成功，是因为它们都触及了普遍的、永恒的真理和人类的共同特征。

即使比杰出的作品稍逊一筹，仍然是优秀的作品。不过，不可能简单地给效果贴上标签，或者提供普遍适用的公式，我们将观察一些杰出作品中的共同要素，看看能否将其中某些元素应用于我们自己的写作。

人物的多面性

尽管人们普遍认为每一部作品都需要定义明确的好人和坏人，你却可以发现，在许多经受住时间考验的作品中，好人和坏人常常不那么黑白分明。在《教父》中，好人是杀人犯；事实上，唯一不肯涉足暴力的人物——弗雷多——是最不受我们尊重的。通常，在杰出的作品中，尽管人物有缺点，我们仍然爱他们；尽管人物有美德，我们仍然恨他们。或许这是因为他们让我们想起了自己。重要的不是他们是好人还是坏人，而是他们能够让我们产生代入感。因为我们中没有人是纯粹的好人或坏人，我们更容易代入与自己相似的人物——混合型人物。作家的诀窍在于描绘出好人可以有多坏，或者坏人可以有多好；一些作品，比如《沉默的羔羊》几乎触及了读者的道德底线，这可能是巨大的成功——也可能是巨大的失败。答案从来都不是简单的。

除了代入感，多面性人物的优点还在于赋予了作品解读的空间；如果每件事情都不那么简单明了，作品就留给读者回想、思考和争论的余地。这部作品会成为他们愿意重复阅读的作品，特别是在生命中的不同时点上，他们可能会对同样的人物得出不同的结论。

环境的多维化

通常，多面性的人物只是一个开始；我们还需要把他们放在情景和环境中，测试他们的性格，让他们的多面性显示出来。多维化的环境使得人物不需要刻意表现自己，同时多面性的人物使得环境不必在道德上是复杂的。二者可以结成一个强大的组合。

在一个明显的层次上，多维化的环境可以是 A 用枪指着 B 的头，告诉他如果他不开枪射杀 C，他就得死。对于许多人来说，这是一个复杂的情景，能够从不同的人身上激发出不同的反应。重要的是这个环境太强大了，以至于 B 是否是多面性的根本没有关系——即使他是最乏味的人物，这个场景仍然非常生动。

上面的例子说明了论点，但是很难代入，因为很少有人会在日常生活中面对这样的处境。诀窍在于创造日常生活中可能发生的多维化环境，让人们可以代入。比如你在超市排队结账，一位老太太没有看见你，径直插到了你前面。她的东西很多，要耽误你 15 分钟——而你已经迟到了。你会叫住她吗？要求她排到你后边？这是一件小事，但是这些小事比大事更容易引起共鸣。它们是日常生活的内容，我们的反应似乎能填满一本叫做"人类行为惯例"的巨著。

我们听到越多的故事，经历越多的事件，就在自己的手册中填进越多的内容。归根结底，这是我们渴望听到其他人的故事、读书或看电影的部分原因。在某种意义上，我们是在学习如何生活。

多维化的环境能使一部作品卓尔不群，因为它们把问题抛向读者："在这样的情景下你会怎么做？"它们使作品容易代入、私人化、模棱两可，创造解读的空间，使读者愿意与其他人讨论，或许还会重新阅读作品。如果它们产生了一种永恒的、普遍的困境，就大大提高了作品世代流传的可能性。

解读的空间

许多作品备受推崇、年复一年地被选作高中和大学的阅读材料，正是因为这样的原因：它们富于解读的空间。如果它们是非黑即白、直来直去的道德故事，它们不太可能持久。这就是为什么关于同一部作品，20个学生会写出20篇不同的论文，彼此冲突却都言之成理。正是因为这个原因，才有了为数众多的解读学派，从新历史主义到解构主义。事实上，文学系研究生课程的大部分时间都用在对解读的解读上，而不是对作品本身的解读上了。

读者会反复阅读解读空间大的作品，因为这些作品总在挑战他们，并且总能催生新的观点——它们就像谜题，读者从中获得的满足感与完成一幅拼图的满足感是一样的。不过，解读的空间应该来自意义，而不是来自基本的事实和事件；如果读者在最基本的层面上不能理解发生了什么事，作品仅仅是令人困惑的，而不是暧昧不明的。这是许多新手作家会遇到的陷阱。

也有许多作家说他们的作品是"等待解读"的，这只是作为一个方便的借口，因为他们没有描绘出丰满的人物或事件，没有创造出完整的经历或解决问题。解读不能来自欠缺，而是来自意义的丰富。

多面性的人物和多维化的环境赋予了作品解读的空间。它们的作用也是多层面的。在故事层面上，《黑暗的心脏》是关于探险、航行和未知大陆的，但它也是一部关于一个人如何发疯的心理学作品，还是一部关于殖民主义和文明之野蛮的社会学作品。层次越多，需要解读的东西就越多。

永恒

《黑暗的心脏》中的殖民主义不是中非地区的孤立事件，它在全世界许多国家都有发生。《黑暗的心脏》是整个时代的象征，它取材于自己所处时代的现象，表现了自己的时代；但与此同时，它不是暂时性的，也不会过时，因为殖民主义在之前上千年里都在发生，以后还会以某种形式继续下去。《黑暗的心脏》以快照的形式捕捉到了这种现象，在 19 世纪 90 年代晚期（康拉德写作这部作品时），它独特的形式是汽船、非洲和象牙。他给予我们那个时代的特色和细节，却没有把我们束缚在这些细节上。

对于一部世代流传的作品，需要有一种永恒的要素；让你的作品只属于你的时代，它便不会持久。这就是为什么许多 20 世纪 50 年代拍摄的未来主义电影都过时和被遗忘了（它们理应如此）：它们对 1970 年、1980 年或 1990 年做出"宏伟的"预言。在 1950 年，它们可以让人们想象 1980 年。现在到了 2001 年，对那个年代没有什么需要想象的了，也就没有理由再看这些电影了。

作家的任务是整合符合时代的细节，而又不让作品成为时代的产物。戏剧电影《歌厅》巧妙地做到了这一点。作品将背景设置在纳粹德国，这很容易使作品只围绕着纳粹和德国发生的事件展开。相反，这些都停留在背景里，影片大部分时间都围绕着 20 世纪 30 年代柏林的声色和恋情展开。最后纳粹分子出现在前台，打乱了主人公们的生活——但是这一幕直到最后才出现，所以我们可以慢慢感受戏剧力量的累积。《歌厅》用 30 年代柏林这个特殊的时代创作了一篇永恒的人类宣言。

问问自己，你作品中的元素是永恒的吗？30 年以后读者还会想起它的主题吗？有没有什么东西会使它过时？同时，你能整合时代的细节，从而使作品栩栩如生吗？

代入感

被翻译成 27 种语言、在日本和德国同样畅销的作品是风靡世界的，所有人都能感同身受。这些作品讲述的不只是美国人的生活——而是人类的生活。这些作品通过人类的共同点把所有人集合在一起，让他们意识到全世界的人类都是一样的，让他们在宇宙中感觉不那么孤独。

我们独自来到这个世界上，也必须独自离去。我们最终通过自己的体验、自己的记忆创造出自己独一无二的世界——每种个人体验、每个想法、每段记忆使我们同其他人分离开来。我们活得越久，离其他人就越远，我们就越想感受到联系。我们看电视、看报纸、参加派对，试图参与别人都在做的事情，试图感觉到"联系"。这就是为什么尽管地球上有无人居住的广袤土地，大多数人类还是选择聚居在少数只有几平方英里大小的拥挤的城市里；为什么人类宁愿花两个小时坐在曼哈顿第 57 大街堵塞的车流里按喇叭，也不愿意在偏远地区过宁静的生活。

尽管我们的身体彼此接近，大多数人还是感觉孤独。这是我们转向书籍、戏剧、电影的原因之一——感觉与他人的联系，分享一种共同的经验。这也是为什么供我们进一步讨论作品的读书会、聊天室和信息论坛会如此繁荣的原因——让我们更多地感觉到联系。但是作品必须是一切的源泉。正如我们希望与周围的人，或者通过读书俱乐部分享体验一样，我们也希望与作品中的人物和环境分享体验。经久不衰的作品中几乎都有一些普遍性的要素。即使像《城堡》这样的作品，人物和环境非常离奇、无法代入，这种不可思议同样可以成为读者津津乐道的对象；事实上，"城堡式的"（castleesque）这个词已经被收入字典，经常用来指代那些神秘的官僚式组织。新手作家竭力想要与众不同、出类拔萃、脱颖而出。但是随着他逐渐成熟，他会发现这很容易——也是最容易犯的错误。困难的是创作一部令读者深刻认同的作品。这才是能够经久不衰的作品。

教育意义

你是否曾经看了一整晚电视，或者在电影院里度过一个晴朗的下午，结果感到内疚，好像你把时间浪费掉了，而你本来可以做一些更有意义的事？我们的一部分自我会对娱乐感到负疚，无论是通过书籍、戏剧、电影还是其他媒体。

作为作家，缓解这种负罪感的方法是在你的作品中加入教育元素。如果方法正确，人们是热爱学习的。观众在探索发现频道看了一小时某种他从没听说过的动物，或者某种他以前不知道的法医学新技术，他的负罪感会减轻一些。读者阅读汤姆·克兰西（Tom Clancy）的负罪感会轻一些，因为他们能够学到数量惊人的关于战争的技术信息。教育元素，特别是以前没有见过的，能够赋予作品实在感，帮助其跻身经久不衰的作品的行列。

要赋予你的作品额外的维度，它应该取材于生活中某些我们不了解的真实领域、某些亚文化或特殊话题。这将使作品的根基更牢固，使作品更生动，同时富于教育意义——不是以教科书的方式灌输——而是以一种生动的、自然的方式进行展示。它应该促使我们思考以前没有考虑过的世界（或者行业和阶级）的某个方面。你可能听说过，如果你想写作一部医学惊悚小说，最好花时间跟外科医生在一起，学习器械的名称、医疗程序、他们的行话、他们的日常生活——这不仅让读者了解到新知识，而且可以帮助作品打好基础，使它更真实、更生动。同时，学习所有这些细节将带给你以前想不到的使情节更曲折的创意。这就是所谓的让作品从调研中有机生长：不要把你的故事强加于调研，而是要让调研告诉你故事应该是什么样的。

我所说的教育意义不是简单地罗列事实（尽管事实经常被遗忘），而是展示一个完整的世界。最好的作品不会把全部注意力都放在这个领域内，而是让它安然地存在于背景中。想想《猎鹿人》。它使用了蓝领工人的亚文化，描写了很少有人了解的匹兹堡钢铁工人的世界。但是故事不是关于匹兹堡钢铁厂的，而是关于越战和友谊。想想《抉择》。它描写了极端正统的犹太教徒的世界；但它不是关于一个男孩想要成为拉比的，而是他如何想要离开那个世界。

自我发现

伟大的作品引导我们审视内心。它不仅使我们受到教益，而且启发我们的自我意识。这就是为什么一些作品——最好的作品——会让一个人在读完后感觉焕然一新。

自我发现之旅是代入之旅，只不过更为尖锐——在一些节点上，某些不可预知的元素使读者忽然间发现一条以前从未考虑过的路径。在这样的节点上，作家要么失去与读者的联系，要么诱使他们更深入地洞察自己的内心。对于作家，这是一个危险的时刻，因为它要求读者迈出信任的一步，谁也无法保证读者会如何选择，因为这是每个读者或观众必须自己决定的旅程。但是很少有比读完一部作品后的自我发现更让读者满足的东西。

难忘的印象

杰出的作品给读者留下深刻的、难忘的印象，会成为他们心灵不可分割的一部分。你是否曾经忽然想到一个人或一个场景，绞尽脑汁却怎么也想不起来究竟是在哪里遇见这个人，或者在哪里经历这件事的？然后你恍然大悟，意识到你从来没有见过他，也没有去过那个地方——它们来自一本书、一出戏剧或一部电影，但是此刻却如此深入你的心灵，好像这些回忆是属于你自己的一样。

　　作家的一个目标是同读者进行潜意识的对话，这将保证读者不仅从理性层面上，而且是发自内心地记住你的作品。一种方法是通过使用象征、意象和隐喻。例如，有一系列强有力的符号——从蜘蛛到太阳——数千年来被用来表达特定的含义，能够以一种原始的方式同读者对话。你可以结合心理学、社会学、神话学、哲学的符号和典故。你可以间接地引用其他作品。莎士比亚的戏剧中充满了圣经典故。意象经常使我们产生深层次的共鸣。这正是使我们离不开作品，想要重新阅读它，跟别人讨论它的原因；或许我们第一次阅读时不甚喜欢它，但是不知为什么又会再一次拿起它。

　　给人留下难忘印象的作品通常有整体大于部分之和的效果。它的伟大不存在于任何独立的人物、背景或曲折的故事，而是存在于这些元素的结合体中。这就像一碗汤：单独来看，水只是水，胡萝卜只是胡萝卜，大蒜只是大蒜，但是它们加在一起，就成了一碗汤。作品给人的整体印象是怎样的？激动人心的？颠覆性的？它有什么特别之处会吸引读者反复阅读？它有什么特别之处会成为读者心灵的一部分？

超越的误区

　　尽管思考一部令人难忘的、杰出的作品由哪些元素构成，这些元素能否应用于你自己的作品是至关重要的，但这些元素必须是有机的——它们不能是人为制造的。作家在为更伟大的目标和意义奋斗的同时，也必须注意不能强求。这是许多新手（和成熟）作家经常犯的错误，错误的形式多种多样，这里我们来分析其中几种。

为了深刻而深刻的作品

　　许多今天所谓的"文学"写作——产生于艺术硕士课程，发表在文学期刊上，由文学出版社发行——在情节方面很薄弱。这些作品以为只要逐字逐行地精心雕琢就足够了，如果句子本身足够优美，情节只是附带的。但是因为其中没有真正的情节，没有真正的悬念、冲突或重要的经历，作家必须以某种方式为此做出补偿。通常他们试图通过极简主义、象征或隐喻，暗示一种根本不存在的更深层次的意义，以此来弥补情节的不足。他们始终让段落和章节悬浮在谜一般的句子中，从来不解决问题，仿佛在暗示某些更重大的真相。但是你必须明白，深刻来自人物和环境，而不能被强加于人。如果他们调整创作中的优先次序，以富于悬念的情节为第一要务，他们将不再感到来自意义的压迫。

八股文

当一个人写作八股文时，读者通常会看穿他。这样的作品是陈腐、刻板的，人物和环境没有生命力。这是因为作者在把他的观点强加于作品之上，而不是让观点从作品中有机地产生。而且，他在兜售他的教条、他的观点，除了提出一种观点之外什么也没有做。对这种类型的作品有另一个称呼：宣传品。在创意写作中没有宣传的空间。事实上，创意写作是宣传的敌人，因为它是无法控制的，而且没有任何隐性的教条。

道德故事

写作既是一种艺术，也是一种工具，是一个承载信息的平台。当你的作品被数百万人阅读，影响到流行文化，促使人们上街采取行动时，这一点会得到最明显的体现。你意识到你有一种责任，无论你影响的是一百万人的生活还是一个人的。你不仅是一个提供娱乐的人，或者一个艺术家——你还是一个老师、一个榜样。出版——或复制发行——是一种特权。你的信息是什么？读者在看完作品后会采取什么行动？

与了解你的信息同样重要的是，必须记住你始终是一个艺术家，而不是一个道德家。作为艺术家，你的目标是戏剧化，让作品获得生命力——而不是陈述事实或宣传教条。致力于道德宣传或警示世人的作品会引起读者的反感。这实际上是八股文写作的一个变种，仍然是人为的、做作的。这样的写作适合童话故事、儿童故事和宗教训诫，但是在创意写作中没有立足之地。这样的作品缺乏自发性和即兴创作的空间。

超越没有公式可循，没有规则或步骤可以引导你；它从本质上不能人为制造。但是，你仍然可以努力，除了思考以上元素，下面还有一些更实际的问题：

阅读心理曲线

理想的作品可以让读者经历四个阶段：

好奇

每个读者和观众都会经历这一步：任何人拿起一本书或者去看一部电影都是出于好奇。走到这一步是上天的礼物：这意味着市场营销人员已经出色地完成了他们的任务；意味着消息已经传播开来，一个完全陌生的人会被你的作品吸引；意味着作品已经被广泛传播开来，客观上人们可以读到它或者看到它。这意味着一个陌生人可能拿出他生命中宝贵的两小时或三小时（如果是一本书，可能要两三个星期！），单独给你机会欣赏你的作品。现在是你回报他的时候了。

兴趣

不是所有读者或观众都能达到这一步。这时，读者被你的人物或环境激起了兴趣。他们不想走出电影院，如果有人在他们阅读时把灯关掉或者在他们看电视时换台，他们会生气。他们想知道后来发生了什么。不过，他们还没有完全上钩。他们有兴趣，甚至可能已经上钩了，但是还没确定要把作品看完。

第八章 超越

需要

更少的作品能够达到这一步。这时，如果有人关掉电视，观众会迫切想要知道结局是怎么回事；他会立刻跑出去租录像带。这不是一种转瞬即逝的需要——像需要知道凶手是谁那种——这种类型的需要在短期内很强烈，却很少能与观众产生共鸣。这是一种全方位的需要，标志着作品塑造出了足够强大的人物和环境，包含了足够多的经历，创造了足够多悬而未决的问题，赢得了深刻的同情，让读者彻底地代入了人物，以至于感觉好像悬而未决的就是他们自己的人生。

行动

极少有作品达到这一步。你能唤起读者的最高层次就是让他们因为作品而感动，仅仅读完这本书或看完这部电影还不够；你能够把一种将他们读到或看到的东西付诸行动的热望植入他们心中。作品深深地感动了他们。或许你激励他们去做某件以前没有勇气做的事；或许你向他们展示了某种以前没有意识到的义愤，并且激怒了他们。当然，行动有多种层面，从下定决心做一件事，到给国会写信，到离开电影院发动一场暴乱。在莎士比亚时代，所有的戏剧都需要赞美国王；他们知道没有什么能像文学的力量一样煽动大众。我们今天也能看到这样的景象，罗德尼·金（Rodney King）的视频（和审判）在全国引起了暴乱，像《刺杀肯尼迪》这样的电影激发了成千上万人给国会写信，最终秘密档案被解禁。这是你作为作家能够行使的终极力量。你拥有的力量不仅能够使一个人改变心意，使人们相信他们以前认为难以置信的事，还能够让他们在此基础上采取实际行动。

问自己（以及另外五名读者），我的作品激发了他人的好奇、兴趣、需要或行动吗？它达到了所有四个层次吗？为什么是或为什么不？按照1～10的标准，怎么给它打分？你能做出哪些改变来实现目标？

感情

　　一种帮助你唤起兴趣、需要和激励读者采取行动的方法是刺激读者的感情。感情是直觉的，比理智更强大。这就是为什么好的演讲者诉诸理智，而伟大的演讲者诉诸感情。一位在智慧方面逊于对手，但是更懂得如何煽动大众情绪的领袖会赢得辩论——或者甚至赢得大选——这一点并不罕见。事实上，这正是希特勒之所以能够掌权的原因：尽管他的理论是一派胡言，但是他知道如何诉诸情绪，让群众陷入疯狂。马丁·路德·金和其他伟大的演说家也知道如何煽动听众的情绪，这就是为什么在演讲中他们会经常停顿，把某个有力量的句子重复好几遍的原因。

　　想想看，许多言情小说（和肥皂剧）几乎空洞无物，却通过诉诸感情而吸引读者（和观众）看完它们。想想血腥电影，用恐惧蒙蔽观众的头脑，让他们失去理智，意识不到他们正在虚度时间。想想脱口秀，一群人因为废话哈哈大笑上一个小时。如果读者知道他们能够从作品中感受到足够的悲伤、恐惧或欢乐，他们愿意一而再再而三地观看明知道空洞无物的作品。许多更容易煽情的媒介——无厘头喜剧、催泪爱情片——常常忽略内容，这并非偶然；在某种意义上，它们是不相容的，因为感情会蒙蔽理智，而内容要求理智。

　　新手作家必须明白，不能一味地追求感情；如果一个人走进一幕场景说，"我要哭了"或者"我要生气了"，这个人的情绪就是人为的。你应该把想象力运用到场景的环境中，让自己设身处地地去感受。如果环境足够强大，而你也足够投入，你会发自内心地想哭或生气。写作也是一样。如果你的目的是刺激读者的情绪，你不能告诉他们"你现在应该难过"；相反，你应该创造出人物和环境，自然而然地感动读者，让他们难过。但是也要问问自己，为什么要让读者产生这种情绪？你希望获得什么？这会如何影响作品？

创作一部感情色彩强烈的作品还有一个附带的好处，即能够创造另一个层次的悬而未决。愤怒的人物是悬而未决的：他最终需要冷静下来。哭泣的人物是悬而未决的：他最终需要停止哭泣。甚至一个生活在理想状态下的人最终也必须回归寻常状态。感情从本质上是暂时性的。感情越强烈，就越需要宣泄，然后回归正常。情绪激动的人需要宣泄，这就是为什么跟他们在一起让人疲惫的原因。跟他们在一起也令人兴奋，因为无法预期他们将会做出什么事——事实上，难以预期是作品中有情绪化的人物的一个附带好处。

一个值得考虑的问题是，当我们说回归"正常"时——从哭泣或愤怒或欢乐——什么是"正常"？我们情绪的自然状态是什么？没有情绪？那么从来不表露情绪的人怎么样？人们不会觉得他很奇怪吗？反过来，一个人在办公室里一会儿哭一会儿发脾气，也会被认为很奇怪。似乎社会希望我们在正确的时机表露某种情绪，不过根据经验，社会对情绪不外露的人表现出更多的宽容：如果一个人看完一场悲剧电影，离开时脸上没有眼泪，人们连眉毛都不会皱一下；但是如果一个人因为冰淇淋店没有他喜欢的口味就大哭起来，每个人都会多看他两眼。你的人物的正常状态是什么？他有多么容易表露情绪，按照1~10能打几分？他倾向于表露什么样的情绪？愤怒？悲伤？欢乐？他会隐藏什么情绪？他会通过什么来隐藏自己的情绪？

你的有意识动机

许多作家从来没有考虑一个有重要意义的问题：你为什么写作？你的动机是什么？这是一个基础性的问题，但是最容易被忽视。你写作是为了让读者发笑吗？让他们害怕？为了教育？为了娱乐？为了激起读者的愤怒？回答"我写作是因为我必须写"是不够的。这关系到读者。事实上，这正是问题所在：大多数作家并没有有意识地考虑过他们希望如何影响读者。如果你能够达到浑然忘我的境界，方向、语气、风格，甚至故事都会各归其位。

在许多情况下，刺激你写作的不是一种有意识的动机。你可能忽然间被一个了不起的创意或一个不寻常的人物击中，于是开始写作。如果是这种情况，试着逆向思维。看看你已经做了什么，写完了什么，或者考虑你的创意，深入分析它。它是令人沮丧的吗？还是令人振奋的？黑暗的？光明的？为什么写这个故事？是什么吸引了你？通过逆向思维，你可以开始掌握关于你自己的感性的有意识动机。了解你自己的惯用手法是大有裨益的：这能够使你掌握控制权，而不是被本能驱策。

作品的目标

一旦明确了你想要获得什么，你就能够更清楚、更有信心地前进，并且能够回过头来，以一种俯瞰的视角仔细推敲已经完成的作品。这会让你更容易抛开草稿，删改已经写完的部分，加入新的部分。当你真正能够回到源头，你就天然地把自己与已经完成的作品分隔开来。

作为一种艺术形式，写作的问题是艺术家比较不容易放弃既有的作品。演员尝试一些角色，如果失败了，会再尝试另一些；雕塑家创作一个作品，如果不喜欢，就打碎了重来。但是对于作家，仅仅一部小说的草稿就可能要耗费好几年的心血，所以很难把它撕碎另起炉灶；相反，作家更加倾向于寻找理由，证明他们已经完成的作品是好的。这样，作家把大部分时间花在修改糟糕的作品，而不是创作新作品上。在某种意义上，作家的主要任务就是保持独立性，不要把自尊心搅进来。回归你的初始目标和动机能够帮助你做到这一点。

你的无意识动机

你的无意识动机会体现在写作中，最后会与读者产生共鸣。稍事停顿，在最深刻的层面上检讨自己。当你写作时是出于什么动机？例如，你是出于防卫而写作的吗？没有安全感？为了证明一种观点？如果是这样，你可能假定读者不同意你的意见而做出过度补偿，其实根本不需要就争论的观点展开辩论。在作品中证明一种观点是进攻性的行为，正如在现实生活中一样。这样的写作最后会变成与读者的斗争，而不是联系，会让他们放弃作品。你是出于骄傲而写作的吗？想要证明你的智慧？如果是这样，你可能通过高深的语言、大量的参考文献和故弄玄虚的术语做出过度补偿，使得作品更像是你和你的作品的自我展示，拒读者于千里之外。你是出于恐惧写作的吗？这也会体现在作品中：你会害怕说明事物，每件事都要重复上三遍。你写作是为了控制读者吗？如果是这样，你会有条不紊地规划好所有的事情，试图强迫每个人都获得同样的阅读体验，扼杀了自发的和即兴的创作。你是为了报复而写作吗？你在写作一部揭秘性的作品，或者一部纪实作品，或者以你现实生活中认识的某个人为原型塑造人物吗？这同样会反映在作品中，因为你的报复心理会使你失去对作品的忠实，因此不能在需要时改变人物或故事。你是出于欺骗而写作吗？读者凭直觉知道你只讲了一半故事，而这种遮遮掩掩使你无法创作出一部圆满的作品。

作为作家，心灵是你的调色板，遗憾的是你的心里存放着许多杂物。你的任务是清理杂物，在心里为写作留出一块神圣的空间，不受你个人精神因素的影响。写作必须尽可能地回归艺术本身。你必须清理心中的骄傲、防御、控制欲、说教或隐瞒。

无论你的目标或动机是什么，你都应该努力出于真实和爱而写作。这听起来简单，但是实际上要困难得多，会让你冒失败的风险。"真实"意味着你自己的真实，也意味着你的人物和环境的真实；如果你隐瞒了一些事，读者会知道，这是真实与不真实的区别。作为作家，就好比宣过誓一般。你必须准备好深入挖掘一个人物，把他心灵中所有的想法都摆上台面——无论多么丑陋——要么就干脆不要介绍他。"爱"不仅意味着爱读者，也意味着爱你的作品、你的人物;这意味着对他们保持百分之百的热情。即使对一个像汉尼拔·莱特这样残忍的人物,我们也能感觉到作家对他的爱和热情,我们中的一部分也会情不自禁地爱他。热情有着磁石一般的吸引力。出于真实和爱写作,你永远不会错。

我总是能够区别那些因为想要写作而写作的作家和那些因为不得不写作而写作的作家。弗兰纳里·奥康纳的语言就像燃烧的生命;你无法忽视那种压倒一切的强烈感情。她短暂的一生都在与病魔斗争,知道自己时日无多,所以她的写作不是一种打发时间的消遣,而是生死攸关的大事。直到许多年后,我才看到可以与她的感情强烈程度相媲美的其他作品。那是一个叫唐纳德·罗利(Donald Rawley)的人的作品,后来才知道,他与艾滋病斗争了14年,已经到了生命的晚期。我一点也不惊讶。因为真实和绝望而燃烧的语言是不能伪装的,我读过的最伟大的现代文学作品莫不如此。

伟大的作家是绝望的。对于他们,每一个句子都生死攸关,就像对于伟大的武士,每一场战斗都生死攸关一样。你不需要真的面临死亡或监禁,但是你必须把驱使你写作的那部分自己放在首位。当你把自己的筹码抬得足够高,余下的就会顺其自然。忽然间你自由了,再也没有什么能够困扰你。

结论

什么是一部杰出的作品?是得到评论家的赞美,获得无数奖项?是销量超过100万册,大众喜闻乐见?是经受住时间考验,世代流传?这很难说。我认识许多作家,作品得到好评但是销量惨淡,自我感觉很失败;我认识更多的作家,作品叫座却不叫好,自我感觉没有价值。我还认识其他的作家,只有一部作品经受住了时间的考验,其他的都不行,不得不相信自己只写出过一部好作品。

最后答案是,它们全都是杰出的作品。获得好评的作家不应该看不起大众喜闻乐见的作家;大众喜闻乐见的作家不应该排斥获得好评的作家。每一种都是独一无二的成就,不应该互为评判的标准。大众是浮躁的,评论家也是。不要管他们怎样说,只要专注于创作出你最好的作品,并且不断超越自我。最后你必须自己来做评判:杰出的作品是你知道自己能够写出的最好的作品。

尾　声

　　许多关于情节的写作指导书强调预设或创意；你会看到许多这样的书，讨论"20 种主要情节"或"36 种基本故事线"。这些书是有必要的，因为创意的重要性从来不应被忽视。但是，今天许多作家相信故事是最重要的，仅仅有一个好故事就意味着成功，没有故事就意味着失败。本书的出发点是说明事情不是这样。没有正确的执行，一个伟大的创意会四分五裂，而如果以正确的方式展开，一个看似平庸的故事也能够奇迹般地获得生命力。

　　副标题提到了八种方法。前三种是人物塑造（表面生活、内心生活及应用）；说明如果深入地检查人物，人物能够激发你的灵感，帮助你创作出更好的故事。经历强调人物要有变化的过程、有目的地，相应地赋予你的作品一种层层递进的感觉。悬念和冲突使经历生动、真实，是经历的质地和肌理。上下文帮助你从整体上为作品定型。这是一种方法，谨慎地使用会收到成效。你应该从中学习，然后忘掉学到的东西，把它们变成你自己的一部分。或者，像尼采说的："艺术家必须首先是骆驼，背负学习的重负。然后他必须成为狮子，毁灭他的老师。"

　　为什么要写一本关于情节的书？为什么不是一本关于风格或对话的书？它们不是同样重要吗？是的，它们的确如此，不过每一个都值得单独写上一本（甚至许多本），这就是为什么我的第一本书《写好前五页》专门讲风格，我的下一本书将专门讲对话。而这本书专门讲情节。

　　故事就像食物和水一样，永远是人类的第一要务。从非洲织毯子的编织工到大学里最睿智的学者，故事是属于全人类的。它们在一种最基本的层面上与我们对话，满足了我们的需要。生活看起来是没有目标、没有意义、没有结构、不公平、没有解决之道的……故事是生活的解毒剂：它有目标、有意义、结构分明、公平、有解决之道、有爱情、有悬念、有冲突、有冒险……它有目标和意义。如果我们的生活总是没有这些，我们的故事可以有。

所有形式的故事——小说、电影剧本、传记、戏剧、诗歌——都能改变人的生活。它们可以鼓舞人心，激发灵感，提供全新的生活感受和生活的样板。它们提供一种逃避的手段，让我们逃离平庸的日常生活，或者让一个灰心丧气的囚徒逃离监狱。它们能够治愈，能够净化，让一个卧病在床的孩子心驰神往，暂时忘记病痛。它们能够教育、煽动，甚至发动革命。它们能够把人们团结在一起，也能把人们分开；它们甚至可以是毒药，像《我的奋斗》这样的作品散播仇恨、误解和给人洗脑。故事可以千古流传，它们也受到审查和压制。其中有一些魔法般的神秘元素，我们永远无法定义。它是人类造物的最强大的形式，它是纸上的思想，世界上没有比思想更有力量的东西了。

这些都存在于你面前的白纸上。从你的心灵到你的手，你掌握着关键。没有什么能够阻止你改变世界。

如想联系作者或评论本书，可登录以下网站：
www.noahlukeman.com/ThePlotThickens

附录 A 推荐阅读

关于写作的一般问题（选录，按作者姓名字母排序）

Beyond the Writer's Workshop by Carol Bly

Characters & Viewpoint by Orson Scott Card

Dynamic Characters by Nancy Kress

The Craft of Writing the Novel by Phyllis Reynolds Naylor

Creating Unforgettable Characters by Linda Seger

The Craft of Writing by William Sloane

20 Master Plots by Ronald Tobias

关于语言（选录，按作者姓名字母排序）

The Lexicon by William F. Buckley, Jr.

Sleeping Dogs Don't Lay by Richard Lederer, Richard Dowis

Words Fail Me by Patricia O'Connor

Elements of Style by William Strunk Jr. and E. B. White

Word Court by Barbara Wallraff

写作种种（选录，按作者姓名字母排序）

Advice to Writers by Jon Winokur

Rotten Reviews edited by Pushcart Press

经典文学（选录，按作者姓名字母排序）

The Stranger by Albert Camus

Heart of Darkness by Joseph Conrad

The Idiot by Fyodor Dostoyevsky

The Castle, *Complete Stories* by Franz Kafka

Moby Dick by Herman Melville

Everything That Rises Must Converge by Flannery O'Connor

The Narrative of A. Gordon Pym by Edgar Allan Poe

Julius Caesar, *Coriolanus*, *Macbeth* by William Shakespeare

当代文学（选录，按作者姓名字母排序）

（声明：以下大部分著作都由我代理的小说家所著。很自然地，我不会代理和推荐我自己都不感兴趣的小说。）

Among the Missing by Dan Chaon

The Old Ballerina by Ellen Cooney

Wake of the Perdido Star by Gene Hackman and Daniel Lenihan

Having Everything by John L'Heureux

Here in the World by Victoria Lancelotta

Circumnavigation by Steve Lattimore

The River Warren by Kent Meyers

The Night Bird Cantata, *Tina in the Back Seat* by Donald Rawley

American Son by Brian Ascalon Roley

Cold by John Smolens

Nude in Tub by G. K. Wuori

经典电影（选录，按名称字母排序）

A Clockwork Orange

Aguirre

Apocalypse Now

Blade Runner

Cabaret

The Chosen

Das Boot

Deer Hunter

Deliverance

The Dinner Game

附录 A 推荐阅读

Dog Day Afternoon

Driving Miss Daisy

The Empire Strikes Back

Fitzcarraldo

Five Easy Pieces

The Gift

The Godfather I and II

I Never Sang for my Father

Invasion of Body Snatchers

Klute

Lawrence of Arabia

Manhunter

Network

North by Northwest

On the Waterfront

One Flew Over the Cuckoo's Nest

Psycho

Remains of the Day

Rocky I and II

The Shining

Scarface

Serpico

Shakespeare in Love

Silence of the Lambs

Sling Blade

Spartacus

Stepford Wives

Straight Time

附录 B　网络资源

电子邮箱

Publishers Lunch（free）（www.caderbooks.com）

PW Rights Alert（www.PublishersWeekly.com）

网站（选录）

www.PublishersWeekly.com

www.bookwire.com

www.imdb.com

www.Inside.com

www.writersdigest.com

www.pw.org

www.prairieden.com

www.authorlink.com

www.bookzone.com

www.rosedog.com

（另参见《作者文摘》发布的年度专题"作家的101个最佳网站"）

附录 C　作品名称对照表

影视作品
《陆军野战医院》(M. A. S. H.)
《不一样的天空》(What's Eating Gilbert Grape)
《钟楼怪人》(Hunchback of Notre Dame)
《我的左脚》(My Left Foot)
《莎翁情史》(Shakespeare in Love)
《魔鬼女大兵》(GI Jane)
《男孩不哭》(Boys Don't Cry)
《完美无瑕》(Flawless)
《小鬼当家》(Home Alone)
《十六支蜡烛》(Sixteen Candles)
《我为玛丽狂》(There's Something About Mary)
《魔茧》(Cocoon)
《恐怖地带》(Outbreak)
《布里安之歌》(Brian's Song)
《银翼杀手》(Blade Runner)
《我不为父歌唱》(I Never Sang for my Father)
《拜见岳父大人》(Meet the Parents)
《屋顶上的小提琴手》(Fiddler on the Roof)
《教父》(The Godfather)
《脱线家族》(Brady Bunch)
《重返学校》(Back to School)
《牛津之恋》(Oxford Blues)
《铁腕校长》(Lean on Me)

《糖衣陷阱》(The Firm)

《电视台风云》(Network)

《陌生人》(The Stranger)

《无辜者》(An Innocent Man)

《肖申克的救赎》(Shawshank Redemption)

《美国 X 历史》(American History X)

《颠倒乾坤》(Trading Places)

《热天午后》(Dog Day Afternoon)

《暗夜心声》(Straight Time)

《前妻俱乐部》(First Wives Club)

《洛丽塔》(Lolita)

《神魂颠倒第六感》(Prelude to a Kiss)

《漂亮女人》(Pretty Woman)

《我最好朋友的婚礼》(My Best Friend's Wedding)

《再见，哥伦布》(Goodbye, Columbus)

《德古拉伯爵》(Count Dracula)

《鬼驱人》(Poltergeist)

《危情十日》(Misery)

《阁楼里的花》(Flowers in the Attic)

《喜福会》(Joy Luck Club)

《美国丽人》(American Beauty)

《复制娇妻》(Stepford Wives)

《冰血暴》(Fargo)

《怪形》(The Thing)

《绿色食品》(Soylent Green)

《良缘知己》(Walking and Talking)

《灵犬莱西》(Lassie)

《狂犬惊魂》(Cujo)

《猫眼看人》(Cat's Eye)

《导购女郎》(Shop Girl)

《憨豆先生》(Mr. Bean)

《偷拐抢骗》(Snatch)

《末路狂花》（Thelma and Louise）

《闪亮的风采》（Shine）

《抢钱大作战》（The Boiler Room）

《莫扎特》（Amadeus）

《惊魂眼》（The Gift）

《弹簧刀》（Sling Blade）

《精神病患者》（Psycho）

《沉默的羔羊》（Silence of the Lambs）

《晚餐游戏》（The Dinner Game）

《菜鸟大反攻》（Revenge of the Nerds）

《早餐俱乐部》（The Breakfast Club）

《单身公寓》（The Odd Couple）

《闪灵》（The Shining）

《午夜狂奔》（Midnight Run）

《局外人》（Outsiders）

《凡夫俗子》（Ordinary People）

《码头风云》（On the Waterfront）

《天外魔花》（Invasion of the Body Snatchers）

《星球大战》（Star Wars）

《猎鹿人》（Deer Hunter）

《绿宝石》（Romancing the Stone）

《午夜牛郎》（Midnight Cowboy）

《冲突》（Serpico）

《蝙蝠侠与罗宾》（Batman and Robin）

《真实世界》（Real World）

《美国警察》（Cops）

《女巫布莱尔》（Blair Witch Project）

《洛奇》（Rocky）

《野蛮人柯南》（Conan）

《陌生人》（The Stranger）

《死囚漫步》（Dead Man Walking）

《满洲候选人》（The Manchurian Candidate）

《发条橙》(Clockwork Orange)

《保镖》(My Bodyguard)

《关于亨利》(Regarding Henry)

《生逢七月四日》(Born on the 4th of July)

《抉择》(The Chosen)

《逃出亚卡拉》(Escape From Alcatraz)

《夺宝奇兵》(Indiana Jones)

《回到未来》(Back to the Future)

《黑客帝国》(The Matrix)

《疤面煞星》(Scarface)

《超人》(Superman)

《纽约大逃亡》(Escape From New York)

《48小时》(48 Hours)

《酿酒师的百万横财》(Brewster's Millions)

《孽欲杀人夜》(Manhunter)

《后窗》(Rear Window)

《宠物公墓》(Pet Cemetery)

《死亡地带》(The Dead Zone)

《去日留痕》(Remains of the Day)

《鬼哭神嚎》(Amityville Horror)

《驱魔人》(The Exorcist)

《凶火》(Firestarter)

《魔女嘉莉》(Carrie)

《偷窥课程》(Private Lessons)

《本能》(Basic Instinct)

《三人行》(Three's Company)

《醋海风波》(Unfaithfully Yours)

《汉尼拔》(Hannibal)

《月光光心慌慌》(Halloween)

《13号星期五》(Friday the 13th)

《北非谍影》(Casablanca)

《为黛西小姐开车》(Driving Miss Daisy)

《第一滴血》（First Blood）

《致命诱惑》（Fatal Attraction）

《诺玛蕾》（Norma Rae）

《飞越疯人院》（One Flew Over the Cuckoo's Nest）

《歌厅》（Cabaret）

《刺杀肯尼迪》（JFK）

书籍

《白鲸》（Moby Dick）

《包法利夫人》（Madame Bovary）

《黑暗的心脏》（Heart of Darkness）

《好人难寻》（A Good Man Is Hard to Find）

《喧哗与骚动》（The Sound and the Fury）

《基督山伯爵》（Hunchback of Notre Dame）

《罗密欧与朱丽叶》（Romeo and Juliet）

《罪与罚》（Crime and Punishment）

《汇流》（Everything That Rises Must Converge）

《约伯记》（The Book of Job）

《麦克白》（Macbeth）

《第三帝国的兴亡》（The Rise and Fall of the Third Reich）

《奥赛罗》（Othello）

《雅典的泰门》（Timon of Athens）

《雨一直下》（The Long Rain）

《城堡》（The Castle）

《我的奋斗》（Mein Kampf）

编后记

正如本书作者所言，所有形式的故事——小说、电影剧本、传记、戏剧、诗歌——都能改变人的生活。它们可以鼓舞人心，激发灵感，提供全新的生活感受和样板；它们让我们逃离平庸的日常生活。作为生活的解毒剂，它们为想象力的腾飞敞开了一扇窗口。

作为作家，如果能够从哲学和心理层面上理解人类的需要，就有可能更好地满足它。观众最大的收获在于发现生活真相之后的震惊。好的故事应该是人物层层推进的悬念与冲突的有机结合，每一个要素都以自己独特的方式影响着故事的全貌。作家的任务就是要制造悬念，拥抱冲突。作为作家，"没有你必须做的事情，也没有你不能做的事情。"人物、悬念、冲突，这是一切伟大作品的核心。本书的目的正是试图在故事的情节创作中发掘新意，激发创意的产生。在阅读的过程中你会发现，本书的作者一次次地用事无巨细的设问把你推到思维的极限，强迫你思考故事的方方面面，启发你从各个可能的角度探索人物所能达到的最大可能性。

作者希望我们相信，作家不需要总是写自己了解的东西，不需要总是需要了解才能写作。在创作的海洋中，要点不是捕捉真实性——科幻作家不需要真的碰到外星人，深入透析两性关系的作家可能在现实生活中与异性隔绝——我们只是通过必要的推动和启发，争取利用现实生活补充想象而已。毕竟有时候，现实生活比我们能够想象得到的更加复杂和富有戏剧性。

本书的特色之一是大量引用电影作品作为佐证某种情节技巧的

工具。如果读者对相关影视作品有所了解，一定会欣喜地发现作者的指涉是多么切中肯綮和富有新意。同时，这也使得书中所言的技巧有例可循，增强了本书的实用性和指导性。由于电影是一种完全依靠情节演进而构造故事的艺术形式，它的观点表达更加形象化和直观化，从而避免了"一千个人眼中有一千个哈姆雷特"的尴尬局面。另外，相对于大部头的文学作品，参考两个小时电影，对部分读者来说可能更为实际，而这会让更多的读者了解作者想要阐述的观点，达到更好的传播效果。为了方便读者，作者还在文后列出了推荐阅读的资源，其中包括经典文学、当代文学、关于语言、关于写作的一般问题等专题。

最后，还是让我们以作者对我们的鼓励作为结束：故事是人类造物的最强大的形式。它是纸上的思想，世界上没有比思想更有力量的东西了。这些都存在于你面前的白纸上。从你的心灵到你的手，你掌握着关键。没有什么能够阻止你改变世界。

那么现在，就着手去改变吧！

李琳
2012 年 6 月

创意写作书系

这是一套广受读者喜爱的写作丛书,系统引进国外创意写作成果,推动本土化发展。它为读者提供了一把通往作家之路的钥匙,帮助读者克服写作障碍,学习写作技巧,规划写作生涯。从开始写,到写得更好,都可以使用这套书。

综合写作		
书名	作者	出版时间
成为作家	多萝西娅·布兰德	2011年1月
一年通往作家路——提高写作技巧的12堂课	苏珊·M. 蒂贝尔吉安	2013年5月
创意写作大师课	于尔根·沃尔夫	2013年6月
渴望写作——创意写作的五把钥匙	格雷姆·哈珀	2015年1月
与逝者协商——布克奖得主玛格丽特·阿特伍德谈写作	玛格丽特·阿特伍德	2019年10月
文学的世界	刁克利	2022年12月
从创意到畅销书——修改与自我编辑	詹姆斯·斯科特·贝尔	2016年1月
来稿恕难录用——为什么你总是被退稿	杰西卡·佩奇·莫雷尔	2018年1月
虚构写作		
小说写作教程——虚构文学速成全攻略	杰里·克里弗	2011年1月
开始写吧!——虚构文学创作	雪莉·艾利斯	2011年1月
冲突与悬念——小说创作的要素	詹姆斯·斯科特·贝尔	2014年6月
视角	莉萨·蔡德纳	2023年6月
悬念——教你写出扣人心弦的故事	简·K. 克莱兰	2023年6月
情节与人物——找到伟大小说的平衡点	杰夫·格尔克	2014年6月
人物与视角——小说创作的要素	奥森·斯科特·卡德	2019年3月
情节线——通过悬念、故事策略与结构吸引你的读者	简·K. 克莱兰	2022年1月
经典人物原型45种——创造独特角色的神话模型(第三版)	维多利亚·林恩·施密特	2014年6月
经典情节20种(第二版)	罗纳德·B. 托比亚斯	2015年4月
情节!情节!——通过人物、悬念与冲突赋予故事生命力	诺亚·卢克曼	2012年7月
如何创作炫人耳目的对话	詹姆斯·斯科特·贝尔	2016年11月
如何创作令人难忘的结局	詹姆斯·斯科特·贝尔	2023年5月
超级结构——解锁故事能量的钥匙	詹姆斯·斯科特·贝尔	2019年6月
故事工程——掌握成功写作的六大核心技能	拉里·布鲁克斯	2014年6月
故事力学——掌握故事创作的内在动力	拉里·布鲁克斯	2016年3月
畅销书写作技巧	德怀特·V. 斯温	2013年1月
30天写小说	克里斯·巴蒂	2013年5月
从生活到小说(第二版)	罗宾·赫姆利	2018年1月

书名	作者	出版时间
如果，怎样？——给虚构作家的 109 个写作练习（第三版）	安妮·伯奈斯 帕梅拉·佩因特	2023 年 6 月
写小说的艺术	安德鲁·考恩	2015 年 10 月
成为小说家	约翰·加德纳	2016 年 11 月
小说的艺术	约翰·加德纳	2021 年 7 月
非虚构写作		
开始写吧！——非虚构文学创作	雪莉·艾利斯	2011 年 1 月
写作法宝——非虚构写作指南	威廉·津瑟	2013 年 9 月
故事技巧——叙事性非虚构文学写作指南（第二版）	杰克·哈特	2023 年 3 月
自我与面具——回忆录写作的艺术	玛丽·卡尔	2017 年 10 月
写我人生诗	塞琪·科恩	2014 年 10 月
类型及影视写作		
金牌编剧——美剧编剧访谈录	克里斯蒂娜·卡拉斯	2022 年 1 月
开始写吧！——影视剧本创作	雪莉·艾利斯	2012 年 7 月
开始写吧！——科幻、奇幻、惊悚小说创作	劳丽·拉姆森	2016 年 1 月
开始写吧！——推理小说创作	劳丽·拉姆森	2016 年 7 月
弗雷的小说写作坊——悬疑小说创作指导	詹姆斯·N. 弗雷	2015 年 10 月
好剧本如何讲故事	罗伯·托宾	2015 年 3 月
经典电影如何讲故事	许道军	2021 年 5 月
童书写作指南	玛丽·科尔	2018 年 7 月
网络文学创作原理	王祥	2015 年 4 月
写作教学		
剑桥创意与作导论	人卫·莫利	2022 年 7 月
小说写作——叙事技巧指南（第十版）	珍妮特·伯罗薇	2021 年 6 月
你的写作教练（第二版）	于尔根·沃尔夫	2014 年 1 月
创意写作教学——实用方法 50 例	伊莱恩·沃尔克	2014 年 3 月
创意写作思维训练	丁伯慧	2022 年 6 月
故事工坊（修订版）	许道军	2022 年 1 月
大学创意写作·文学写作篇	葛红兵 许道军	2017 年 4 月
大学创意写作·应用写作篇	葛红兵 许道军	2017 年 10 月
小说创作技能拓展	陈鸣	2016 年 4 月
青少年写作		
会写作的大脑 1——梵高和面包车（修订版）	邦妮·纽鲍尔	2018 年 7 月
会写作的大脑 2——怪物大碰撞（修订版）	邦妮·纽鲍尔	2018 年 7 月
会写作的大脑 3——33 个我（修订版）	邦妮·纽鲍尔	2018 年 7 月
会写作的大脑 4——亲爱的日记（修订版）	邦妮·纽鲍尔	2018 年 7 月
奇妙的创意写作——让你的故事和诗飞起来	卡伦·本基	2019 年 3 月
有个性的写作（人物篇＋景物篇）	丁丁老师	2022 年 10 月
成为小作家	李君	2020 年 12 月
写作魔法书——让故事飞起来	加尔·卡尔森·莱文	2014 年 6 月
写作魔法书——28 个创意写作练习，让你玩转写作（修订版）	白铅笔	2019 年 6 月
写作大冒险——惊喜不断的创作之旅	凯伦·本克	2018 年 10 月
小作家手册——故事在身边	维多利亚·汉利	2019 年 2 月
北大附中创意写作课	李韧	2020 年 1 月
北大附中说理写作课	李亦辰	2019 年 12 月

创意写作课程平台

从入门到进阶多种选择，写作路上助你一臂之力

扫二维码随时了解课程信息

　　"创意写作课程平台"由中国人民大学出版社"创意写作书系"编辑团队精心打造，历经十余年积累，依托"创意写作书系"海量素材，邀请国内外优秀写作导师不断研发而成。这里既有丰富的资源分享和专业的写作指导，也有你写作路上的同伴，曾帮助上万名写作者提升写作技能，完成从选题到作品的进阶。

写作训练营，持续招募中

- **叶伟民故事写作营**

　　高人气写作导师叶伟民的项目制写作训练营。导师直播课，直击写作难点痛点，解决根本问题。班主任 Office Hour，及时答疑解惑，阅读与写作有问必答。三级作业点评机制，导师、班主任、编辑针对性点评，帮助突破自身创作瓶颈。

- **开始写吧！——21天疯狂写作营**

　　依托"创意写作书系"海量练习技巧，聚焦习惯养成、人物塑造、情节设置等练习方向，21天不间断写作打卡，班主任全程引导练习，更有特邀嘉宾做客直播间传授写作经验。

精品写作课，陆续更新中

- **小说写作四讲**

　　精美视频＋英文原声＋中文字幕

　　全美最受欢迎的高校写作教材《小说写作》作者珍妮特·伯罗薇亲授，原汁原味的美式写作课，涵盖场景、视角、结构、修改四大关键要素，搞定写作核心问题。

- **从零开始写故事**

　　高人气写作导师叶伟民系统讲解故事写作的底层逻辑和通用方法，30讲视频课程帮你提高写作技能，创作爆品故事。

精品写作课

作家的诞生——12位殿堂级作家的写作课

中国人民大学习克利教授10余年研究成果倾力呈现，横跨2800年人类文学史，走近12位殿堂级写作大师，向经典作家学写作，人人都能成为作家。

荷马：作家第一课，如何处理作品里的时间？
但丁：游历于地狱、炼狱和天堂，如何构建文学的空间？
莎士比亚：如何从小镇少年成长为伟大的作家？
华兹华斯和弗罗斯特：自然与作家如何相互成就？
勃朗特姐妹：怎样利用有限的素材写作？
马克·吐温：作家如何守望故乡，如何珍藏童年，如何书写一个民族的性格和成长？
亨利·詹姆斯：写作与生活的距离，作家要在多大程度上妥协甚至牺牲个人生活？
菲兹杰拉德：作家与时代、与笔下人物之间的关系？
劳伦斯：享有身后名，又不断被诋毁、误解和利用，个人如何表达时代的伤痛？
毛姆：出版商的宠儿，却得不到批评家的肯定。选择经典还是畅销？

一个故事的诞生——22堂创意思维写作课

郝景芳和创意写作大师们的写作课，国内外知名作家、写作导师多年创意写作授课经验提炼而成，汇集各路写作大师的写作法宝。它将告诉你，如何从一个种子想法开始，完成一个真正的故事，并让读者沉浸其中，无法自拔。

郝景芳：故事是我们更好地去生活、去理解生活的必需。
故事诞生第一步：激发故事创意的头脑风暴练习。
故事诞生第二步：让你的故事立起来。
故事诞生第三步：用九个句子描述你的故事。
故事诞生第四步：屡试不爽的故事写作法宝。

The Plot Thickens: 8 Ways to Bring Fiction to Life by Noah Lukeman
Copyright © 2002 by Noah Lukeman
This edition arranged with Lukeman Literary Management
through Big Apple Agency, Inc., Labuan, Malaysia.
Simplified Chinese edition copyright © 2012 by China Renmin University Press
All Rights Reserved.

图书在版编目（CIP）数据

情节！情节！：通过人物、悬念与冲突赋予故事生命力/（美）卢克曼著；唐奇等译．—北京：中国人民大学出版社，2012.6
（创意写作书系）
ISBN 978-7-300-15962-1

Ⅰ.①情… Ⅱ.①卢… ②唐… Ⅲ.①文学创作—写作学 Ⅳ.①I04

中国版本图书馆 CIP 数据核字（2012）第 119210 号

创意写作书系
情节！情节！——通过人物、悬念与冲突赋予故事生命力
诺亚·卢克曼　著
唐奇　李永强　译
Qingjie Qingjie

出版发行	中国人民大学出版社				
社　　址	北京中关村大街 31 号		邮政编码	100080	
电　　话	010－62511242（总编室）		010－62511770（质管部）		
	010－82501766（邮购部）		010－62514148（门市部）		
	010－62515195（发行公司）		010－62515275（盗版举报）		
网　　址	http://www.crup.com.cn				
经　　销	新华书店				
印　　刷	天津鑫丰华印务有限公司				
开　　本	720 mm×1000 mm　1/16		版　次	2012 年 7 月第 1 版	
印　　张	12 插页 1		印　次	2024 年 1 月第 9 次印刷	
字　　数	143 000		定　价	36.00 元	

版权所有　侵权必究　　印装差错　负责调换